Mujeres del Reino

ALFONSO USSÍA

Mujeres del Reino

EDICIONES B
GRUPO ZETA

Barcelona • Bogotá • Buenos Aires • Caracas • Madrid • México D.F. • Montevideo • Quito • Santiago de Chile

1.ª edición: febrero 2009
1.ª reimpresión: marzo 2009

Bailén, 84 - 08009 Barcelona (España)
www.edicionesb.com

Printed in Spain
ISBN: 978-84-666-3747-3
Depósito legal: B. 14.562-2009

Impreso por LIBERDÚPLEX, S.L.U.
Ctra. BV 2249 Km 7,4 Polígono Torrentfondo
08791 - Sant Llorenç d'Hortons (Barcelona)

Prólogo

Estos retratos a vuela pluma, intentos de ráfaga y donaire, se han ido publicando semana tras semana en el semanario *Tiempo*, y merecen una puesta al día. He procurado elegir mujeres del Reino que inspiren el lado amable, cariñoso y estético de la vida. Pero hay excepciones, claro. Y algunas de ellas precisan de una adecuación, porque desde que apareció publicado su boceto han protagonizado situaciones de vital importancia.

Una de ellas es la duquesa de Alba. «Transgresora y tradicional al mismo tiempo», escribo en el retrato. En los últimos tiempos ha sido acreedora de una crítica más severa. Su extraño noviazgo con un individuo de complicada descripción ha menguado su alta nota. Se entiende su pasión por la vida y su sueño de esperanzas, pero no caben esos supuestos en quien tiene el deber de mantener la dignidad y la grandeza de una Casa, con mayúscula, como la suya. Un personaje, treinta años más joven que ella, que la llama «mi porcelana» o «mi joyita», es merecedor del más amplio alejamiento de la normalidad. Lo de ella puede tener una disculpa. Lo de él resulta inadmisible.

Magdalena Álvarez, «Maleni», ha seguido en sus trece. Por no invadir un terreno en el que los ecologistas «sandía» han descubierto que viven unas mariposas muy apreciadas, desvió el trazado del AVE Madrid-Valencia y abrió un túnel para que las mariposas no se sintieran molestas. El túnel se ha caído, la obra acumulará más retrasos todavía y la ministra insistirá en que el derrumbamiento de sesenta metros de túnel es un «hecho sin importancia». Su mal carácter y su ineficacia demandan un cese que no termina de producirse.

Esperanza Aguirre estuvo a un centímetro de la muerte en Bombay. Un sangriento ataque de terroristas de Al Qaeda del que se libró milagrosamente. En España fue objeto de la mala intención y la bellaquería de algunos que no estuvieron allí. Pero ha salido reforzada y eso molesta no sólo al PSOE, sino a determinados barones de su propia formación política.

María Antonia Iglesias se ha convertido en la mujer que más insulta de España, alcanzando un nivel de grosería e intolerancia inconcebible. Vive del insulto, de la descalificación y del sometimiento al poder establecido. Su valoración ha descendido notablemente.

A María Antonia Munar, la «princesa de Mallorca», le llueven asuntos pendientes con la Justicia. Su desaparición de la vida política española sería una de las pocas buenas noticias que podrían darse con anterioridad a la aparición del presente libro.

Edurne Pasabán ha sido una de las firmantes del manifiesto «Pro Selecciones de Euskal Herria». Me temo que presionada o manipulada. Una mujer que ha visto el horizonte en once cumbres de más de ocho mil metros no puede caer en los nacionalismos de aldea. Pienso que ha sido víctima del miedo social que impera en las provincias vascas.

No me satisface haber escrito de la Reina. La Reina es un personaje que vuela por encima de la cosas. Pero me vi obligado a defender su figura después de leer algunas de las opiniones que puso en su boca esa gran manipuladora conocida por Pilar Urbano.

Más ángeles que víboras, aunque algunas de estas últimas también aparecen. Víboras venenosas enroscadas en el hacha, salpicadas de sangre o simplemente abrazadas a la mentira.

Retratos fugaces y limitados a un espacio concreto. Subjetivos y parciales, porque el autor no es un objeto. Responden fielmente a mis opiniones y sentimientos. A las que quiero, las quiero, y a las que desprecio, lo demuestro sin excesiva prudencia. La selección responde a mi estado de ánimo de cada semana.

Que Dios reparta suerte.

ALFONSO USSÍA

Ágatha Ruiz de la Prada

Es una de las mujeres más sorprendentes de España, con ironía, gracia y buen humor.

Ágatha Ruiz de la Prada y Sentmenat. Su abuelo materno, el marqués de Castelldosrius, fue el hombre leal y de confianza de don Juan de Borbón en Cataluña, durante su exilio franquista. Ágatha, madrileña y barcelonesa a partes iguales, eligió Madrid para su proyecto profesional. Casada con Pedro J. Ramírez, ha sabido triunfar en un mundo ajeno al de su marido, uno de los periodistas más brillantes, creadores e influyentes de España.

Ágatha se dedica a la moda. Y sus diseños son como ella. Inesperados, originales y divertidos. A la chita callando y entre bromas y veras, ha levantado un imperio. Es una diseñadora fiel a sus creaciones, porque Ágatha se viste en Ágatha y lo mismo aparece con un traje escalera que con un vestido con aros y volantes con todos los colores del mundo. No digo los del arco iris, que se queda corto. Si Ágatha hubiese tenido la oportunidad de diseñar el arco iris, éste tendría quinientos colores perfectamente definidos.

Como mujer, ha demostrado una fuerza y serenidad admirables, y una lealtad a prueba de todo. De siempre he pensado que el concepto de lealtad es un bien hereditario. En la distancia corta, es una de las mujeres más sorprendentes y originales de España, con destacados fundamentos de ironía, gracia y buen humor.

Alegre, colorido y original

Como no soy experto en moda, ignoro si Ágatha ha diseñado también ropa para hombres. En tal caso, y con todo el cariño que por ella siento y el respeto profesional que me inspira, me veo en condiciones de asegurar que es altamente improbable que en un futuro mi cuerpo se cubra y adorne con sus creaciones. Uno es más antiguo que Felipe II y en el gris marengo establece el principio del atrevimiento. Pero me gusta que muchas mujeres, y hombres si se atrevieran, se vistan con diseños de Ágatha, porque las calles son más alegres, el trasiego de los pasos de peatones, más colorido, y el impacto de la visión de una ciudad, más original.

En Cataluña dicen que es catalana y en Madrid, que madrileña. Es una disputa autonómica refrescante y positiva. Si consiguiera que los de Carod-Rovira abandonaran el negro de las SS y las flechas negras de Mussolini, y vistieran con su inacabable gama de colores, merecería un monumento como el de Casanova.

Y con ella, todo es posible.

Amparo Moraleda

Capta los mensajes con intención. No se llega a presidenta de IBM metiendo la pata.

Estuve con ella en un desayuno organizado por Europa Press. Es decir, que mis conocimientos personales están más fundamentados en la imaginación que en la realidad. Se fija mucho en las cosas, es buena observadora y capta los mensajes con triple intención. Es lógico. No se llega a ser presidenta de una multinacional como IBM metiendo la pata. Pero es una presidenta sin aspecto de presidenta, lo que es merecedor de un profundo agradecimiento. Y no se concede importancia ni a sí misma ni a su logro alcanzado. Mujer de bandera. Me gustaría ser objeto de despacho por un día para ver cómo actúa en el trabajo. Estas mujeres valerosas y fuertes se endurecen más aún cuando la naturaleza ha sido generosa con ellas. Me doy por muy bien pagado en la vida por no tener que trabajar y despachar a diario a las órdenes de una inteligencia guapa. Perdería mi puesto de trabajo inmediatamente, por aquello del romanticismo a destiempo. Un romántico educado —y yo lo soy— se derrumba ante la belleza. A mí me dicta una carta Amparo Moraleda dirigida al presidente de IBM Internacional y me sale un romance. Lo divertido sería ver la cara del presidente de IBM Internacional leyendo el romance falso que le envía Amparo Moraleda.

Como quien no quiere la cosa

Me puedo equivocar, pero no tiene aspecto de ser familiar cercana, ni lejana, del Moraleda monclovino. Y ese detalle también me gusta sobremanera. En tan escaso tiempo de intercambiar frases y miradas, no tuve ocasión de ahondar en sus realidades. Pero de conocerla más y mejor, tampoco lo habría conseguido. Como toda presidenta de una multinacional poderosísima, Amparo Moraleda no se define en política, y mucho me temo que ni en botánica. Oye, sonríe y deja pasar el entuerto. El anterior presidente de IBM en España, Fernando Asúa, era un gran amigo mío, pero no un enigma indescifrable. Amparo Moraleda, para mí, lo es. Y resulta admirable que en una sociedad como la nuestra, mucho más feminista de boquilla que de hecho —y la americana no se queda atrás—, una mujer joven haya conseguido la presidencia de IBM,* así, con toda tranquilidad, como quien no quiere la cosa, y, mucho más importante, que se haya afianzado en la presidencia como si hubiera nacido para ello y lo supiera desde niña. Dicen que IBM puede perder su hegemonía en el mundo por la competencia de HP. En mi caso, tranquilidad. Sólo por haber estado ella allí, IBM tendrá mi respaldo. Es decir, que voy a tener que comprarme un ordenador, eso tan lejano a la literatura.

* El 16 de diciembre de 2008 abandonó IBM para asumir la dirección internacional de Iberdrola.

Ana Duato

Su personaje de *Cuéntame* es un prodigio por la realidad que le regala.

Dice Antonio Mingote —y lo repite de continuo— que nunca ha visto a nadie actuar ante las cámaras con más naturalidad que Ana Duato. Interpretar no es fingir, sino hacer creer al espectador que lo que se interpreta es verdad. Su personaje de *Cuéntame* es un prodigio, tanto por la realidad que le regala Ana como por su consistencia. Y estoy plenamente de acuerdo con Antonio. Ana no actúa, está ahí. Y cuando habla, no imposta la voz ni declama como la mayoría de los actores españoles. Sencillamente nos habla a todos, como si los espectadores formáramos parte de su vida y su intimidad. Jamás ha caído en la ridícula vanidad de la sobreactuación, esa costumbre que ha llevado a nuestro teatro y nuestro cine a la clase media baja de la interpretación. Si Ana Duato fuera norteamericana, estaría en los niveles de Annette Bening o Meg Ryan. Catherine Deneuve, a su lado, es una pesada que sólo sabe hacer de Catherine Deneuve.

Un ser real y querido por todos

El autor de la serie *Cuéntame*, el gran escritor y guionista de televisión Eduardo Ladrón de Guevara, no habrá visto jamás a ninguno de sus personajes tan natural y magistralmente convertido en un ser real y querido por todos. Nada que oponer al trabajo formidable de Imanol Arias, y del niño, y de la abuela, y del jovencillo progre y del cura obrero, que es un personaje bastante pesado. De esas actuaciones magistrales, mucha culpa la tiene el director de la serie. Pero nada puede hacer un director si carece de auténticos actores, y Ana Duato ha demostrado que en el páramo de la interpretación española, ella es un bosque por sí sola.

No tengo el gusto de conocerla personalmente, así que de favoritismos, nada de nada. Con independencia de su arte, me parece una mujer bellísima, e intuyo que con un gran sentido del humor. Guarda su vida privada y no se vende. Es por ello una mujer, decente porque el uso y el abuso de la popularidad para sacar dinero en los platós de las televisiones es una nueva especialidad de prostitución. En nuestros almuerzos semanales, que nunca fallan, Antonio Mingote y el que escribe acostumbran a brindar por ella. Un día la descubrí en los viveros Escalante de Mazcuerras, pero se me indigestó la timidez y me quedé entre los árboles espiando sus movimientos. Se mueve como habla y mira, es decir, de toma pan y moja. Y para colmo, según me cuentan los que la conocen, es tímida. A ver si algún día me topo con ella por la calle. De estar lloviendo, cubriría el charco de su paso con mi chaqueta. A pesar de que mi sastre es carísimo.

Ana Iríbar

Una mañana se despidió de su marido,
Gregorio Ordóñez.
Por la tarde estaba muerto.

Estética vasca. Alta, rubia y guapa. Una mañana se despidió de su marido, Gregorio Ordóñez, teniente de alcalde del ayuntamiento de San Sebastián, con el beso de siempre y la recomendación de siempre: «Ten cuidado, Goyo.» Cuando volvió a verlo, a primeras horas de la tarde, Goyo estaba muerto, con la cabeza destrozada por una bala asesina. Ana Iríbar creció un palmo más de dignidad y evitó desplomarse para siempre.

Gregorio Ordóñez era concejal del ayuntamiento de San Sebastián por voluntad de los donostiarras. Valiente y abierto. Ana Iríbar conoció, de golpe, la soledad. Y la infinita tristeza del desconsuelo. Se apoyó en la valentía y firmeza de su cuñada, Consuelo Ordóñez, que a su vez buscó el amparo en la digna figura de Ana. Cuando llegaba el aniversario del asesinato de Goyo, Ana y Consuelo peregrinaban por las parroquias e iglesias de San Sebastián para celebrar un funeral por Gregorio. Pero el obispo Setién no quería «funerales políticos y partidistas». No le importaban los funerales por los terroristas muertos, pero le desagradaban los rezos por los inocentes asesinados.

En la catedral del Buen Pastor —¡qué contradicción de nombre!—, Ana Iríbar y Consuelo Ordóñez fueron humilladas. Al fin, un curita valiente se apiadó de ellas, y ofició el funeral. Los nacionalistas dijeron que aquello había sido una provocación del Partido Popular. Odón Elorza no asistió a la misa.

Cantar las cuarenta al cinismo nacionalista

Hace pocos días, el Parlamento vasco organizó una exposición en homenaje a las víctimas. El lendakari no pudo asistir al acto de inauguración. Y habló Ana Iríbar. Con voz fuerte, firme y segura, en algunos momentos entrecortada por el dolor acumulado en tantos años. Y dijo sentir por el lendakari un profundo desprecio, y encargó a los nacionalistas allí presentes que le trasladaran de su parte el adjetivo de cobarde. «Díganle que es un cobarde. Que se lo dice una mujer. La viuda de un servidor público asesinado por la ETA.»

Ana Iríbar es el paisaje formidable de la dignidad. Una acuarela triste y bellísima. Ha permanecido en la discreción y el silencio hasta que ha tenido la oportunidad de cantarle las cuarenta al cinismo nacionalista. Estará donde haga falta. Mantiene todo su empaque físico y su mirada clara. Retrato de la valentía y de la firmeza. Más vasca que todos los terroristas juntos. Contra ella, no tienen nada que hacer.

Ana Patricia Botín

Inteligente, trabajadora, poderosa y guapa. Un portento.

Lo que se dice alegre no es. Su carácter es cántabro de nobleza nublada. Como su padre, no conoce el cansancio cuando de trabajar se trata. Se puede cansar con una conversación, un paisaje o una película, pero no en el banco. Cuando el Banco de Santander se comió al Central Hispano, y se formó aquella imposibilidad de pronunciar bien, el BSCH —Bssschh—, su padre, Emilio Botín, llevó a cabo una jugada maestra. Cesó a su hija para que nadie pudiera acusarle de favoritismo. Con ello, quedaba libre para actuar sin impedimentos. Jubilado Amusátegui y muy beneficiosamente —para él—, obligado a dimitir Fray Corcóstegui —nada más parecido a un clérigo medieval que ese hombre—, Botín colocó a su hija en Banesto, bajo cuya presidencia el viejo banco ha vuelto a sus fueros.

Buena jugadora

Ana Patricia es guapa con exageración, pero no hay un tío que se atreva a decírselo, y más aún, si el piropo suena en horas de trabajo. En sus ratos de ocio, cuando el verano llega, juega al golf con Esperanza Aguirre, en Pedreña. Mantiene con ella una pugna callada y fuerte, y

Esperanza acostumbra presumir que al lado de ella Ana Patricia es una principiante, y Ana Patricia dice lo mismo, pero al revés. El caso es que las dos juegan bastante bien, pero la primera es mejor como política y la segunda como banquera.

Ana Patricia, como buena cántabra, no hace esfuerzo alguno para caer bien. Si cae, cae, y si no, no importa. En mi opinión, tendría que esforzarse más en abrir su mundo a otros espacios no relacionados con la banca, la economía y los negocios. Pero comprendo que es difícil cuando la mayor parte de su tiempo lo dedica a la banca, la economía y los negocios. Le gusta la mar y se siente feliz en sus raíces de la montaña. Puede parecer antipática, que no lo es en absoluto, por tímida. Si yo trabajara a sus órdenes en Banesto, le escribiría poemas, lo que me llevaría irremediablemente a ser expulsado de la prestigiosa entidad.

Inteligente, trabajadora, poderosa y guapa. Un portento. Se intuye, por su carácter, que no se casa con nadie y que en el fondo de su seriedad hay un escondido rincón de añoranza. Quiero decir, que a veces añora ser mujer a secas, sin tanto poder en su mano y en su entorno. Tiene muchas más virtudes que defectos, pero volviendo al principio, alegre, lo que se dice alegre, no lo es. Bella y callada, como su tierra.

Arantxa Sánchez Vicario

**Luchaba y corría como nadie.
Ha sido la más grande y brillante
tenista de España.**

Lo que peor hace Arantxa Sánchez Vicario es escribir su nombre. Arantxa es Aránzazu, y se escribe «Arancha» en español y «Arantza» en vascuence. Pero el detalle carece de importancia. Lilí Álvarez fue nuestra primera gran jugadora de tenis, pero el tenis femenino en España no podría concebirse sin Arantxa. Tuvimos la gran fortuna de que coincidiera con Conchita Martínez, primera española vencedora en Wimbledon, pero no tan influyente como Arantxa. Estableciendo comparaciones se podría decir que Arantxa ha sido a Santana lo que Conchita a Gimeno. Y Santana es el apellido sagrado del tenis español junto al Nadal de Manacor.

Marcando la diferencia

Arantxa ganó en París el Roland Garros a Steffi Graf, aquella mujer y deportista alemana maravillosa. También triunfó en el Abierto de los Estados Unidos, y a un paso estuvo de conquistar Wimbledon. Conchita era tronca, alta y delgada, como casi todas las tenistas, y Arantxa, fuerte y regordeta. Aparentemente tenía las piernas redondas y cortas, pero las movía como una gacela. Su «¡Vamos, coño, vamos!» se hizo grito de guerra. Y además, aunque seria y dura en la pista, era simpática y educada, lo que siempre se agradece.

Sin Arantxa, el tenis femenino español sería un bello sueño alegrado por una luz inesperada. El Wimbledon de Conchita Martínez, que batió en la gran final a Martina Navratilova, probablemente la más grande de todos los tiempos. Pero es Arantxa la que marca el antes y el después, si bien el segundo no ha resultado tan brillante como esperábamos todos. La invasión del Este y las hermanas negras neoyorquinas han contribuido a ello. Arantxa hubiera podido con ellas. Si martirizó a Steffi, lo mismo habría torturado a Sharapova, y a las Williams las hubiera sacado de quicio.

Luchaba y corría como nadie. Alcanzó la plena maestría muy pronto, y se mantuvo en el poder de la WTA durante una década. Patriota hasta el tuétano, no admitió nunca tejemanejes nacionalistas. Sus hermanos Emilio y Javier, notables tenistas —Emilio especialmente—, algo tuvieron que ver en su perseverancia. Su madre, doña Marisa, acompañó a su hija allá donde fuera, y alguna broma tuvo que soportar por ello.

Ha sido la más grande, la más inteligente y la más brillante tenista de España. Ahora es una guapa mujer estilizada que busca su felicidad. Merece encontrarla porque nos hizo felices, y en muchas ocasiones, a sus compatriotas. Si esa felicidad dependiera de su grito, nos pondríamos todos a ulular. Sí, Arantxa, por ti. «¡Vamos, coño, vamos!» Y ganarás de nuevo.

Bimba Bosé

Triunfadora, aunque nadie sabe en qué, tiene un atractivo fuera de lo común.

Apareció de golpe con el *burka* y la soga de David Delfín y nos dejó patitiesos y turulatos. ¡Qué belleza! Cuando anda, pisa fuerte y avisa. Tiene esa rareza de los Dominguín —los González Lucas—, que siempre salen guapos. Recuerdo una entrevista con el gran Antonio Ordóñez, allá por los años sesenta del pasado siglo. Se refería al atractivo de sus hijas «Belén es Ordóñez, y Carmen, Dominguín». Luis Miguel, para mí peor torero dentro de la grandeza de ambos, pero uno de los tipos más simpáticos que he conocido en mi vida, no estaba totalmente de acuerdo con la belleza de los Dominguín. «Las chicas, sí, pero de los varones, el único guapo soy yo.»

Feminidad

Bimba —no estoy al corriente de las nuevas generaciones— es nieta de Luis Miguel y Lucía Bosé. Tiene la belleza de su abuela, con un toque andrógino que le hace aún más atractiva. Inquietante. Bimba Bosé es de esas mujeres que le dicen a un hombre «¡Oye, tú!», y el hombre se ve inducido a poner tierra de por medio mediante alocada carrera. Y cuando sonríe, esa dureza se transforma en feminidad rotunda. Con el *burka* y la soga al cuello de David Delfín, alcanzó la cota más alta de belleza femenina.

Natalie Clifford Barney, escritora americana muy influida por el humor inglés en el entresiglos del XIX al XX, preguntada por una periodista acerca del feminismo y la feminidad, respondió con insuperable agudez. «La feminidad no es cuestión de sexos, porque un francés siempre es más mujer que una inglesa.» En Bimba Bosé masculinidad y feminidad se dan la mano desde la seriedad a la sonrisa y viceversa. De cualquier modo, y aun en su versión más *comehombres*, tiene que ser —intuición pura— una mujer apasionante, con una gran personalidad y un atractivo fuera de lo común. Hace poco le preguntaron por sus pinitos de cantante y no pudo ser más clara. «Me divierto mucho pero canto fatal.» Para reconocer eso hay que tener sentido de la honestidad y del humor.

Para mí, que le aburre una barbaridad ser modelo y viaja anímicamente por su estética para hallarse mejor y más a gusto. Cuando desfila por la pasarela, mira al vacío, pero se advierte en su mirada un gran desprecio por los que la miran y desean. Más por los que miran, que el deseo masculino por una mujer en los desfiles de moda no es habitual ni agobiante.

No se sabe en qué ha triunfado, pero es una triunfadora. Jamás pasará desapercibida, por representar el polo opuesto de la vulgaridad. Pero si alguna vez coincidimos y me grita «¡Oye, tú!», no lo duden. Salgo a toda pastilla.

Carme Chacón

Inteligente y cercana, con su buena gestión se ha ganado el respeto de los militares.

Catalana descendiente de emigrantes, es decir, de charnegos. Chacón es un noble apellido castellano con poderosas ramas andaluzas. La rama troncal viene de Casarrubios del Monte, y ha habido *chacones* teólogos, arqueólogos, marinos, filólogos, generales, cantaores, abogados, jesuitas y aventureros. En la Rambla, no de Cataluña, sino de Almería, se alza el caserío de Los Chacones. A los Chacón les faltaba un ministro, y ahora lo tienen. La primera ministra de Defensa de la Historia de España.

Carme Chacón es una inteligente mujer de la izquierda, que llegó a chicolear con grupos independentistas. Dominó los tópicos y victimismos de la escisión, y subió como la espuma en el PSOE, proveniente del PSC. Fue una buena parlamentaria y Zapatero, después de ganar las elecciones de 2008, la hizo ministra de Defensa. En un principio pareció incoherente y contradictorio. Al cabo del tiempo, los recelos y las desconfianzas se han convertido en fundadas esperanzas de una buena gestión.

Carme Chacón no es corpulenta, pero no deja ver fragilidad alguna. Llegó al Ministerio de Defensa y se puso a trabajar. Tuvo que ser para ella un golpe gratificante. De tratar con la política a hacerlo con la milicia. Se topó con la vocación de servicio y la lealtad de los militares. Conozco a muchos de ellos y pocos mantienen la distancia hacia su persona.

Ministra pacifista

Se ha ganado el respeto de los militares, que son a su vez siempre respetuosos con quien sabe respetarlos, y en ocasiones, por obligaciones del uniforme, se ven obligados a respetar a quienes los humillan con injusto desafecto. Carme Chacón es pacifista, y no resulta antinatural esa condición en una ministra de Defensa siempre que su pacifismo no alcance el nivel del lugar común y el *buenismo* al uso. Nuestros ejércitos están para defender España, pero también para luchar y morir por la paz en muchos lugares del mundo. Los militares son los mayores amantes de la paz, y sólo cuando ésta peligra, obedecen las órdenes y actúan. Son todavía los grandes desconocidos en una sociedad abrazada a los tópicos. Además de una buena gestión, Carme Chacón tiene la oportunidad, desde su incontestable procedencia de las izquierdas, de mostrar a los que se resisten a reconocer la grandeza de los militares, el nivel de compromiso y lealtad que éstos tienen con la Constitución, la democracia, la libertad y la paz. Ella puede hacerlo, y de ahí mi esperanza. A tus órdenes, señora ministra.

Carme Ruscalleda

Es hoy la princesa gastronómica del Mediterráneo español.

En Sant Pol de Mar tiene su restaurante esta mujer que ha alcanzado la cima del prestigio gastronómico mundial. Lo cierto es que no me considero capacitado para establecer un valor a la cocina de Carme Ruscalleda, ni a la de Ferran Adrià, ni a la actual de Juan Mari Arzak. Creo que son más alquimistas que cocineros, pero se me van a tirar al cuello y a degüello todos los cursis de la nueva cocina, y entre ellos, hay bastantes amigos míos. No merece la pena. Lo que sí merece la pena destacar es que cocineros practicantes de la nueva cocina los hay a centenares, y que todo el que destaca en una especialidad es digno de respeto y de tener en cuenta. Y Carme Ruscalleda es hoy la princesa gastronómica del Mediterráneo español, y es una cursilería lo que acabo de escribir, pero encaja perfectamente con la intención que anima este retrato.

Dos grandes hallazgos innecesarios

Entre los grandes hallazgos de Carme Ruscalleda, tomo nota de dos de ellos que algún día me tendrá que explicar detalladamente. El *cremoso de jamón de bellota* y la *coca boca abajo*. El jamón de bellota está mal dicho.

Será el jamón de cerdo de bellota, porque las bellotas no tienen jamones. Ese alimento sí lo entiendo, y me gusta desde niño. Un jamón bueno es una maravilla. Partiendo de esta premisa me pregunto, ¿se puede hacer de una maravilla demostrada una realización cremosa innecesaria?

Mi respuesta es que no. Dice Arzak que la tortilla de patatas bien hecha es una obra de arte. Y estoy plenamente de acuerdo. De ahí mi oposición a las nuevas formas que se ofrecen para que la tortilla de patatas, esa obra de arte jugosa y barata, se convierta en un líquido de probeta inexplicable y carísimo. El éxito de la gran cocina es hacer sabroso lo que en principio no lo es. Pero convertir un jamón de cerdo de bellota en un puré cremoso me ayuda a la alarma. Como la *coca boca abajo*, que algo tendrá la coca boca abajo cuando Carme Ruscalleda no la prepara boca arriba.

Carme es catalanista y comparte el victimismo nacionalista, pero se está forrando con sus clientes cursis de Madrid, que al final, son siempre los que mejor pagan. Probablemente es una genial cocinera, pero me gustaría algo más alejada del bullicio del laboratorio.

Dice que se puede hacer poesía con un huevo. Llopis lo hizo remedando a Bécquer. «¿Qué es huevo frito?, dices mientras clavas / tu mirada en el pálido trasluz. / ¿Qué es huevo frito? ¿Y tú me lo preguntas?... / ¡Huevo frito eres tú!» Como colofón, está muy bien.

Carmen Cervera

Discreta hasta que enviudó, encarna a la perfección a la baronesa por antonomasia.

Carmen Cervera, *Tita*, baronesa Thyssen. Actriz en su juventud de esplendorosa belleza. Caminos llanos y senderos pindios hasta encontrarse a sí misma y al barón *Heini* Thyssen, multimillonario, tímido, propietario de una colección pictórica fabulosa que, gracias a ella —todo hay que decirlo—, se ha quedado en España. Lo del precio es lo de menos.

Thyssen, dotado para los negocios, no lo estaba para los idiomas. Se casó con una española, vivió más de una década en España y no hablaba ni patata en español. Se aprendió una pregunta y una observación encadenada. «¿Te gustan los toros?»; ante una respuesta afirmativa, sentenciaba: «Pues tienes el mismo gusto que las vacas.» Lo pasaba bien con su chascarrillo.

Carmen Thyssen, Tita Cervera, la baronesa por definición, vivió en la popularidad discreta hasta que enviudó. Cayó el peso de la responsabilidad sobre ella y adquirió costumbres extrañísimas. Últimamente se ata con excesiva frecuencia a los árboles del Paseo de Recoletos. Gracias a sus voluntarios encadenamientos, ha conseguido que todo un proyecto de mejora de una de las zonas más visitadas de Madrid, se halle en situación de sueño y modorra. Todo por unos pocos árboles —que no son el gran sauce, el taxolio del Retiro, precisamente—, y una discusión acerca de la anchura de las aceras que rodean a su museo. Primero se ató junto a Pilar Bardem, que se ata por cualquier motivo, y posteriormente lo hizo en compañía de otros defensores de los plátanos que confundían, hasta que se ataron, los plátanos de Recoletos con los plátanos de Canarias.

Influencias

Pero su poder es grande. Amenazó con llevarse la colección a otra parte, cuando ante el Rey y el conde de Barcelona, su marido se comprometió a que la Colección Thyssen ocuparía el Palacio de Villahermosa «para siempre». No confía en su nuera, esposa rubia y rara de su hijo Borja, y en ese aspecto coincido plenamente con la baronesa. Si no se atara tanto, sería una mujer unánimemente respetada, pero ha perdido magia con sus encadenamientos. Hasta la fecha, los hombres y mujeres atados a los árboles lo eran por bandoleros, verdugos, sádicos o forajidos del Oeste. Tita Thyssen ha inventado una nueva modalidad. Es atada a los árboles por su chófer, al que, encima, paga religiosamente el sueldo. Cría cuervos y te sacarán los ojos, contrata a chóferes y te atarán a los árboles de Recoletos. De momento, la victoria ha sido suya. El alcalde de Madrid se ha puesto a su disposición, y se hará lo que sea siempre que ella apruebe el proyecto. Es la baronesa-alcaldesa por excelencia, pero sin pasar por las urnas.

Carmen Jordá

La bella piloto valenciana personifica la seducción y la simpatía al volante.

Flipo con esta mujer. Alcoyana, rubia y piloto de Fórmula 3, paso imprescindible para alcanzar la Fórmula 1, hacia la que va a toda velocidad, como corresponde. Es la única española que lo ha conseguido. Prefiere un Ferrari a Brad Pitt, y eso dice mucho de ella. Cuando se quita el mono ignífugo, podría ser una modelo de las de tronío. Una mujer como Carmen Jordá no entiende que la vida es una carrera larga que recomienda prudencias, ella se traga las prudencias, las cautelas y los miramientos. Y va a por todas, como si no tuviera tiempo para otra cosa. Debajo de su mono, rozando su piel, lleva una camiseta con una leyenda admirable: «Sal a por todos.» En un deporte tan difícil y machista como el automovilismo, salir a por todos es como salir a por todas, es decir, salir a ganar, a romper esquemas, a fastidiar la prepotencia del sexo masculino, que siempre humilla a la mujer en el volante.

Mujer que litigia con el riesgo

Guapa cumbrera. Y con sentido del humor. Le preguntaba Amilibia en una entrevista que quién tendría que perseguirle para que corriera más, y Carmen Jordá no se amparó en bobadas. «La Guardia Civil.» Mujer de desfile más que de bandera, que queda pequeña a su lado. Y para colmo, sonriente y clara. Una mujer que litiga con el riesgo, e incluso con la muerte, desde una sonrisa, hay que tenerla muy en cuenta. Hace bien en decirse «piloto» y no «pilota», entre otros motivos porque «pilota» es pelota o balón en catalán y no encaja. En Alcoy, su ciudad natal, es por lo único que no combaten los moros y los cristianos. Unos y otros están completamente de acuerdo en que Carmen Jordá es patrimonio de todos, aunque por desgracia, el único que disfrutará de ese maravilloso y monumental patrimonio será su novio, si es que lo tiene, y si lo tiene, mi más cordial enhorabuena, al novio, claro.

Como es perseverante, alcanzará las metas que se proponga, y un día no muy lejano, la veremos en la parrilla de salida junto a Fernando Alonso, Hamilton y Raikonnen. Ese día, bajo su mono, llevará sobre su belleza la camiseta de «A por todos», y que tiemblen, porque si una mujer como Carmen Jordá llega hasta ahí, no es para cumplir el trámite y conducir de segundona.

Entretanto, ahí va de un lado a otro con su atractivo a cuestas, su ilusión intacta y su sonrisa permanente. Al hombre que le gusten las rubias, que no la conozca, pues nada más difícil que vivir eternamente enamorado. Uno, por si acaso, le escribe este retrato para que lo cuelgue entre los carteles de Ferrari de su casa. Suerte, rubia.

Carmen Martínez-Bordiú

Pasó de ser la sometida por su familia a la libertad por ella misma.

La conocí de niño, en la playa de Ondarreta. Me caía mal. Sentía por ella una injusta antipatía por el justo rechazo que me producían sus abuelos maternos. A los 17 años era una mujer simpática y bellísima, con la cabeza un poco a pájaros. Su hermana Mariola, guapísima también, de carácter más reservado y discreta hasta lo inaudito, le ponía el listón demasiado alto. Vivió una aventura de cuento de hadas, escrito por su abuela y los pelotas más recalcitrantes del Régimen. Y se casó con don Alfonso de Borbón Dampierre, nieto mayor de don Alfonso XIII. Aquella boda sonó a conspiración contra el actual Rey, a golpe de Estado sucesorio, que ya había roto por su parte con la legitimidad dinástica.

Guapa y simpática

Embajadores de Estocolmo. Dos hijos. Duró poco la felicidad del cuento de hadas y Carmen voló libre. Lo fue siempre pero no lo supo hasta mucho más tarde. Su hijo mayor falleció en un accidente de carretera. Era un chico simpático y guapo.

Su padre quedó destrozado y Carmen, desolada. Carmen se enamoró de un anticuario parisino, y se marchó con él. Seguía siendo libre. Después, con un señor que no recuerdo a qué se dedicaba y posteriormente con un chico de Santander. Pero sigo viéndola libre. Pasó de ser la sometida por su familia a la libertad por ella misma. La vi hace pocos meses y sigue siendo una mujer guapísima, simpática, y vuelvo a las andadas, libre. Se prestó a protagonizar un programa en la Televisión Española socialista, una cosa de baile, y no lo hizo bien, pero se ganó a la gente. Las historias mandan, pero Carmen comprendió un día que el peso más grande de su vida se lo daba la Historia, esta vez con mayúscula. Y se deshizo poco a poco de su carga, y ha vivido, sufrido y probablemente padecido el desprecio por sus raíces más que ninguna otra mujer. Lo que fueron mimos y privilegios se convirtieron en desaires y groserías. Pero su personalidad venció sobre los tópicos y hoy es una atractiva mujer de cincuenta y bastantes años que ha vencido sobre su pasado, el que le impusieron y el que ella misma se buscó.

Fue educada, sin serlo, como una princesa. Se convirtió, sin quererlo, en una princesa. Duró muy poco de princesa. Muchas culpas ajenas moldearon su personalidad, infinitamente más sencilla de lo que algunos creen. Hoy es ella sola, ella misma y ella por ella. Y se mueve muy bien por donde anda. Eso, la libertad.

Carmen Posadas

Mujer misteriosa. Nadie sabe lo que ama y lo que vive. Si fuera novela su título sería *La eterna desconfiada*.

Uruguaya de nacimiento. Casó en Moscú con mi compañero de colegio Rafael Ruiz del Cueto, muy torpe en el manejo del balón de fútbol. Separación y boda en el Danubio con Mariano Rubio, gobernador del Banco de España. Cuando don Mariano pasó por una temporada de indescriptible humillación, Carmen permaneció a su lado, siguió escribiendo y no perdió su sonrisa. Los sufrimientos se pagan, y Mariano Rubio fue visitado por el cáncer. Muerte lenta la de su marido, pero Carmen permaneció a su lado, siguió escribiendo y escondió su dolor con su sonrisa. Ahora es la viuda de España, no la Pantoja, porque Carmen —que ya es abuela—, sigue siendo un trueno de mujer, un álamo de mirada irónica y proceder sabio, y que a fuerza de darle a la palabra, se ha convertido en una estupenda escritora.

Mujer misteriosa. Nadie sabe lo que ama y lo que vive. El que intenta averiguarlo se queda con la ilusión de una respuesta figurada, porque ella no responde preguntas que rozan su intimidad. No es por nada, pero si está infinitamente más joven que su primer marido, y su primer marido era mi compañero de pupitre en el colegio del Pilar, por fácil y sencilla deducción se alcanza la conclusión de que también está infinitamente más joven que yo, lo cual me molesta sobremanera.

Carmen Posadas se gana la vida escribiendo, que es una manera honestísima de salir adelante. Y lo hace con creciente brillantez, detalle que merece una especial atención. Tiene un sentido del humor parcial, porque es susceptible, y no acaba de confiar en quien tiene delante, sobre todo si es hombre. Si fuera novela su título sería *La eterna desconfiada*. Como no es novela, sino realidad literaria, es decir, parte mujer y parte fantasía, se llama Carmen Posadas y queda muchísimo mejor.

Habla con voz muy queda, detalle de educación alta que sólo le afea Antonio Mingote cuando se le olvida un carísimo aparato para oír mejor que se deja siempre en su casa. Llevo contabilizadas 363 comidas con él y, todas, sin aparato. En una de ellas estaba Carmen Posadas, y al final le dijo: «No me importa no oírte. Me conformo con verte». Esas salidas que tienen los genios.

Dentro de veinte años, cuando yo sea un viejecito decrépito, seguiré volviendo la cabeza cuando ingrese en un local la escritora Carmen Posadas, iceberg transparente y prodigioso, caña que jamás se zafra, inteligencia clara y monumento artístico. Picasso la está esperando para dibujar su desnudo entre las nubes.

Dolores Sergueieva

Con su vuelta de la URSS, la Pasionaria le regaló la libertad que nunca había conocido.

Sergueieva, hija de Serguei. Nieta de Dolores Ibárruri, *la Pasionaria.* Ahijada de Stalin, el mayor genocida de la humanidad, probablemente. Luz de un exilio privilegiado, por siempre triste. Educada en el dogma soviético. Crecida entre fríos, hielos, abedules y pamplinas de *koljoses, komsomoles,* planes quinquenales y demás patrañas. Su abuela, la pasión roja, de bandera y charco. Cuando en España estalló la plena libertad, con un rey en el trono y la democracia —no la socialista soviética— preparada para crecer, Dolores Ibárruri abandonó su mentira y retornó a España, ya anciana venerada y juncal, fugitiva de su amado comunismo. Hizo bien la tronante, empecinada y vengativa Dolores. Con su vuelta, regaló a su nieta Dolores Sergueieva, hija de Serguei, nada menos que la libertad que nunca había conocido. Y una guapísima mujer joven, con la sonrisa abierta, los gestos medidos, el cuerpo de álamo y la mirada triste como un horizonte de abedules, aprendió a distinguir, a optar, a elegir, a ser libre, a no verse obligada a vestirse, calzarse, abrigarse o desnudarse según los planes quinquenales de Chernenko, Breznev o Andropov. Aprendió a ser libre de la mano de una abuela que siempre odió la libertad. Y eso siempre tendrá que agradecérselo Dolores Sergueieva, hija de Serguei, a su abuela la Pasionaria. Su rendición. A España vino a vivir sus últimos años, bien para calmar las duras melancolías del destierro, bien para rescatar de la URSS, de su URSS, al más grande amor de su vida, su nieta.

Una mujer nueva

Muerta y enterrada la Pasionaria, Dolores Sergueieva dejó de ser la acuarela portentosa que acompañaba a su abuela. De la libertad, eligió más libertad todavía. Entró en el mundo del anonimato, y se hizo cada día más guapa, más junco y más libre. Algunos años más tarde, bellísima aún y con la tristeza de su mirada corregida por los tiempos, ha aparecido de nuevo. A sus 48 años sigue representando a la belleza. Y ha encontrado al hombre que acaricia sus tristezas pasadas. Un multimillonario, Marc Rich, que le ha abierto los caminos de la abundancia, lejos de planes quinquenales, *koljoses, komsomoles* y patrañas soviéticas.

Hoy, Dolores Sergueieva, hija de Serguei, representa lo que su abuela combatió con saña, rencor y constancia. Es libre y es rica. Habla, sonríe, se mueve y ama como una mujer nueva. Lo es. Su inteligencia asombra y su palabra vuela. Y su cuerpo ya no es bello como un horizonte de nieve y abedules, sino de bosque templado y libertad asegurada.

Duquesa de Alba

Sevillana del alma. Transgresora y tradicional al mismo tiempo.

Extraordinaria personalidad. Se ha puesto el mundo por Montoro y por Montera. Hija única. Casó jovencísima con Luis Martínez de Irujo y Artazcoz, que fue un gran duque de Alba, con el que tuvo seis hijos. Su primer marido murió joven y en la mejor edad, y al cabo del tiempo, poniéndose el mundo por Montoro y por Montera, matrimonió con Jesús Aguirre, ex cura, intelectual hondo, divertido y cínico. Que un día, cuando compartía un almuerzo con él y le pregunté por Cayetana, me comentó. «Últimamente está demasiado nerviosa por los tostones —no dijo tostones— de los reporteros. Y le he dicho que o se tranquiliza, o se va de casa.»

Siempre sensible con el arte. Bailaora, pintora, lectora y culta. Tímida hasta lo inaudito. Ha cuidado y defendido a sus hijos con energía de madre acosada. Sevillana del alma. Transgresora y tradicional al mismo tiempo. De ser independiente Escocia, sería su reina, por llevar en su sangre la de María Estuardo. Por algo es la duquesa de Berwick. Gemela en sensibilidades y populismo de su antepasada Cayetana, el amor de Francisco de Goya. Probablemente, y junto a ella, la más popular y querida de entre los descendientes directos de don García Álvarez de Toledo, conde de Alba de Tormes, de Coria y de Salvatierra por gracia de Enrique IV de Castilla en el año 1438. Condado de Alba que saltó a ducado en 1472. Todavía no vivía Sarita Montiel.

La más titulada

Además de ello, de Alba, de Berwick, de Coria y de Salvatierra, duquesa de Liria, y Jérica, de Arjona y de Híjar; condesa-duquesa de Olivares —¡Ay, Felipe IV y Francisco de Quevedo!—, marquesa del Carpio, de Eliche, de la Mota, de San Leonardo, de Sarria, de Villanueva del Río, de Tarazona, de Villanueva del Fresno, de Barcarrota, de La Algaba, de Osera, de Moya, de Almenara, de Valdunquillo, de Mirallo, de Orani y de Castañeda. Condesa de Lemos, de Lerín, condestable de Navarra, de Monterrey, de Osorno, de Miranda del Castañar, de Palma del Río, de Aranda, de Andrade, de Ayala, de Fuentes de Valdepero, de Gelves, de Villalba, de San Esteban de Gormaz, de Fuentidueña, de Casarrubios del Monte, de Santa Cruz de la Sierra y de Ribadeo. Y vizcondesa —sólo una vez vizcondesa— de La Calzada. Catorce veces, o quince, o las que sean, grande de España. Conservadora de los bienes recibidos y creadora, junto a su primer marido, de la fundación que garantiza su mantenimiento y supervivencia. En el Palacio de Liria de Madrid hay un cementerio de perros, en el de Dueñas de Sevilla, los naranjos y limoneros de la infancia de Antonio Machado, y en el de Monterre y de Salamanca, un fantasma que no deja dormir a los invitados. Ella es todo eso y más, y para colmo, popular y cumbrera.

Edurne Pasabán

Once «ochomiles» ha conquistado esta vasca formidable.

Me asomo a la ventana de un tercer piso, y me asalta el más despiadado de los vértigos. De ahí mi admiración por los montañistas. Los equiparo a los toreros, que se tragan el miedo creando arte en movimiento. El montañismo de verdad es heroico, y las grandes cimas del mundo están iluminadas por el último aliento de centenares de héroes que murieron por conquistarlas. Vasca es Edurne Pasabán, y montañista. En las provincias vascongadas hay una gran afición por la montaña. Los fines de semana centenares de jóvenes se dedican a escalar. Para mí que la mayoría acude a las breves montañas vascas a ligar, y hacen muy bien, porque el montañismo es otra cosa. En el norte de España, en su bóveda húmeda y verde, el montañismo se reduce a los Picos de Europa, reunión de Cantabria, el Principado de Asturias y León. Ahí está, majestuoso y traidor, el Naranjo de Bulnes, atractivo y engañoso, tan forajido a veces con los montañeros.

Perfil arrogante y magnífico

Edurne es una heroína. Creo que son once los *ochomiles* que ha conquistado esta vasca formidable, esta tía de toda una pieza. Ha agonizado y revivido decenas de veces en la cordillera del Himalaya, y ha vencido siempre o casi siempre. Sus montañas, las nuestras, han empequeñecido ante su coraje y valentía. Mujer de otra pasta, y nunca mejor escrito. Cuando asciende por las paredes terribles de los *ochomiles*, entre hielos, ventiscas y riesgos infinitos, Edurne es un puntito, una mota que sube poco a poco. Esa mota, ese puntito insignificante, es una mujer entera, una persona que ama el peligro y la naturaleza, y que sueña, allá arriba, con la chimenea de un caserío lejano clavado en sus raíces que calienta a los suyos. Pero ella sigue, el punto sigue subiendo, y cuando alcanza la cima, se adueña por unas horas de un paisaje que sólo a ella pertenece y que domina los más variables horizontes de la tierra.

En silencio, sin darse importancia, se ha convertido en una de las grandes deportistas de España, en la más valiente, la invencible. Su atracción por la altura le hace diferente. Allí, en los silencios de los hielos y los vientos de las nieves perpetuas y los fríos afilados, esta mujer vasca ha dejado su perfil arrogante y magnífico. Merece mucho más de lo que le han reconocido. Orgullo de su casta.

Emma Suárez

Ha hecho películas buenas y malas, pero en todas su naturalidad destaca.

La mejor actriz española. Puede con el drama y la comedia. Alivia los tostones. Pilar Miró la llevó a los clásicos, y protagonizó *El perro del hortelano* magistralmente. Se ha sometido al público en el teatro, pasando siempre la batería. Se mueve, habla, dice y declama con plena naturalidad. Nada tiene de aspaventosa y fingida, como la mayoría de sus colegas nacionales. No adelanta la tragedia de una frase con el «¡oh!» de las malas actrices. Para colmo, tiene la voz preciosa, cálida y un tanto cortada. Ayer oí una grabación de poemas de Federico García Lorca recitados por Margarita Xirgu. Casi me tiro por la ventana. El arte de la interpretación no puede entenderse, ni admirarse, desde la falta de naturalidad. Y hay directores que ayudan y directores que destrozan, pero quien no lleva la naturalidad en sus genes, jamás la conseguirá plena.

Además, en su vida personal es distante y discreta. El periodismo rosa y amarillo opina mayoritariamente que es un poco borde. La crítica se vuelve elogio cuando de por ahí viene. Está en la Izquierda, pero no profesionalmente. Va a su aire y no parece necesitar más de lo que tiene. Se ha movido entre mitos consagrados con vocación de mitos, y ha triunfado sobre ellos sin necesitar de chismes ni de escándalos. Para colmo, es atractivísima, una Meg Ryan a la española, y aparentemente intacta. Intacta de bisturíes, quiero decir.

Dice su verdad

Y no es pancartera. Dice su verdad y es coherente. Se lo dije a Garci, pero no me hizo caso. «Te falta en tus películas el paisaje de Emma Suárez.» Y Garci, que sabe mucho y es uno de los genios del cine español, asintió y me dio la razón, pero todavía no me ha hecho caso, y perdón por la insistencia. Cuando se habla con ella se hace con una mujer normal. No se mueve en privado como si estuviera actuando. En la calle se camufla, tímida de reconocimientos. Quizás excesivo camuflaje, algo andrajoso y con un toque estudiado de marginal. La perfección es imposible.

Ha hecho películas buenas, regulares y malas. También malísimas, porque el cine en España no deambula por buenos pasos. Pero en todas ellas, su naturalidad destaca. En televisión, series de éxito y apariciones fugaces. No me la figuro contando su vida a cambio de millones, como tantas de su profesión. Se hace respetar por sus largos silencios. Creo que la muerte prematura de Pilar Miró nubló su horizonte. Pilar lo decía: «La mejor de todas.» Necesita un buen guión, un buen director y una buena producción. En resumen. Necesita lo que en España, hoy por hoy, es casi imposible.

Esperanza Aguirre

Sus enemigos la tachan de pija, pero de pija nada. Lucha, trabaja y cumple como nadie.

Mucho la conozco desde que éramos jóvenes, ella más que el firmante. Cuando estudiaba Derecho me la figuraba presidiendo una gran firma norteamericana. Jugué varios campeonatos mixtos de tenis con ella de pareja, en el Real Club de Tenis de San Sebastián, y con resultados bochornosos. En el golf, mucho más segura y recta, como en su vida política. Casada con Fernando Ramírez de Haro, conde de Murillo, un hombre de campo y para el campo que huye de políticas y obligaciones. Dos hijos, Fernando y Álvaro, también llenos de campo abierto y más interesados que su padre en los aconteceres políticos.

Liberal ante todo. Concejala en el ayuntamiento de Madrid. Lo celebraba un pariente, poco intuitivo y con escaso margen para adivinar el futuro. «Mírala, hasta dónde ha llegado.» Teniente de alcalde. La senadora más votada —incluyo a los senadores— de la historia de nuestra democracia. Ministra de Cultura. Presidenta del Senado. Presidenta de la Comunidad de Madrid, reincidente en el cargo con una votación asombrosa. Su gran virtud, aparte de la inteligencia, el tesón y el trabajo: habla con una claridad pasmosa, y no se corta un pelo. Su defecto principal: lo mal que se lleva con Alberto Ruiz-Gallardón, brillante alcalde de Madrid y compañero de partido político, del que recela y no lo disimula.

Como una revolera

La Comunidad de Madrid, antaño presidida por Gallardón y hogaño por Esperanza, se ha convertido en el motor económico y social de España. Sus enemigos le dicen «la marquesa» —en realidad es condesa—, y señalan su personalidad como de pija.

De pija, nada. Lucha, trabaja y cumple como nadie. Es ambiciosa y rodeante, como una revolera. Escribo que como una revolera de Antonio Ordóñez, que no de otro cualquiera. Culta y con gran sentido del humor. Canta aceptablemente las zambas, las vidalas y las chacareras salteñas. Nada al estilo Triana, con la cabeza fuera del agua. Tiene coraje y dídimos, y no acepta que nadie intente infravalorarla. El que lo intenta, huye escaldado. Es madrileña, segoviana y donostiarra, buena mezcla. Se inventa el tiempo y a nadie deja plantado. Puede ser en el futuro la primera presidenta del Gobierno de España. Para ello tendrá que pactar con Gallardón, que quiere lo mismo, pero en versión masculina. Un lío. Pero ella responde a la perfección a su nombre. Esperanza. Se me olvidaba. Llevaba por Ondarreta el biquini más menudo de la época. Fue sancionada por un municipal que castigaba los atavíos bañeros diminutos. Franco veraneaba en Ayete y Esperanza era libre.

Gloria Lomana

Ha impulsado los informativos
de Antena 3 y ha triunfado
en la palabra impresa.

Conocí a Gloria Lomana, directora de Informativos de Antena 3 Televisión, en los ya lejanos tiempos del *Primer Café*, un programa sosegado y agradable de intervenir, cuyo único defecto era la obligatoriedad del madrugón. Lo crearon Consuelo Álvarez de Toledo y Antonio San José —por ahí aparecía la ráfaga bellísima de Marisa Dorta—, y el segundo lo condujo con gran señorío y maestría hasta que Antena 3 le fue vendida a Juan Villalonga. Siguió con Isabel San Sebastián y posteriormente con Carmen Gurruchaga. Lo mejor de aquel buen programa, contenido aparte, era la visita posterior de Gloria Lomana, que ya apuntaba maneras y carácter.

Varias manos izquierdas

Gloria es una periodista formidable, con varias manos izquierdas, sosiego temperamental y harta paciencia. No se desquicia con nada, y prueba de ello es que ha mantenido su serenidad incluso durante los años de Carlotti, personaje inteligentísimo pero nada remansado. Se le ofreció escribir una columna en *La Razón*, y ha triunfado también en eso de la palabra impresa, que es triunfo de alto valor, por cuanto se hace en la más absoluta soledad.

Eso que un joven columnista con la nariz alargada y las orejas un tanto despegadas llama «el temblor diario».

Gloria tiene un despacho acristalado desde el que domina toda la redacción de Antena 3, y ella misma se somete al dominio de los demás. Ha impulsado los programas informativos de la cadena de San Sebastián de los Reyes a los primeros puestos de la audiencia, esa puñetera, la audiencia, que no se deja engañar así como así. Y todo ello, conservando esa acuarela suya de mujer tranquila, de tronco bien hecho y de educación subida, si bien tiene algo en la mirada que aleja otro tipo de pretensiones. Cuando se manda sobre más de un centenar de periodistas hay que saber defenderse de las sorpresas nada sorprendentes que la vida depara.

Gloria Lomana no tiene edad. Está igual que diez años atrás, y mucho me temo que será idéntica dentro de otros diez años. Pisa muy fuerte y anda con autoridad. Lo que dice siempre tiene sentido y reúne en su cabeza una familia de inteligencias. Su inteligencia profesional, su inteligencia femenina y su inteligencia cautelosa. Gloria siempre está a disposición de la noticia, y puede ser encontrada en cualquier parte del mundo, excepto en Serranillos Playa. Periodista cimera. Como se dice ahora con sentido estrictamente elogioso, una tía de puta madre.

Idoia Zenarrutzabeitia

**Doña Idoia, que es juncal y seca,
está ahí porque piensa igual
que el lendakari.**

No figura Idoia Zenarrutzabeitia en este retablo de *Mujeres del Reino* por su cargo de vicelendakari, que al fin y al cabo, no es cosa del otro mundo. Figura por ser la poseedora de un apellido rarísimo y de difícil pronunciación, incluidos los vascoparlantes. Y el apellido, eso sí hay que reconocerlo, lo lleva con donosura y dignidad. Zenarrutzabeitia significa «Zenarruza de Abajo», lo que determina la indiscutible existencia de una «Zenarruza de Arriba». Creo conocer muy bien las tres provincias vascas y jamás he pasado por Zenarruza de Arriba ni Zenarruza de Abajo, lo cual concede al apellido de doña Idoia un velo enigmático que acrecienta su interés.

Doña Idoia es juncal y seca. Muy sonriente con Arzalluz. Bien podría merecer otro tipo de consideraciones positivas, por cuanto permanecer durante tanto tiempo como persona de la máxima confianza de Ibarretxe determina que su paciencia puede alcanzar alturas ilimitadas. Pero me temo que su permanencia no ofrece santidad alguna sino que está ahí porque piensa lo mismo que el lendakari, lo que enturbia su imaginado arroyuelo. De apellidarse «Zenarrutzaundi» nos hallaríamos ante una mujer cuyo origen es «Zenarruza Grande», y si fuera «Zenarrutzatxiki», por lógica y sencilla deducción, ante un natural de «Zenazurra Pequeña». En cualquier caso, un parlamentario, un político e incluso un chófer de Ajuria Enea, después de comer copiosamente y regar las viandas con un buen rioja y un licor digestivo durante el café, está físicamente incapacitado para pronunciar «Zenarrutzabeitia» sin trastabillar la lengua. De ahí que la vicelendakari sea la señora Zenarrutzabeitia por la mañana y «dola Idoya» por la tarde, porque la lengua, el paladar, y el alcohol así lo recomiendan.

Las cosas de la pronunciación

Hubo un ciclista, Gabicagogeascoa —que ahora escribirían «Gabikagogeaskoa», que es casi igual—, que de ser vicelendakari hubiera puesto las cosas de la pronunciación más difíciles que doña Idoia Zenarrutzabeitia. Afortunadamente, Gabicagogeascoa no se dedicó a la política, lo contrario que la islandesa Vigdís Finnbogadóttir, que llegó a la presidencia de Islandia con ese apellido, y de ahí el retraso en la construcción europea, porque nadie la llamaba por teléfono por si acaso.

De lo que se deduce, que Idoia Zenarrutzabeitia ingresa con todos los honores en la relación de *Mujeres del Reino*, por ser mujer de un lugar imaginario con un nombre larguísimo. Sólo por eso.

Inés Sainz

Esta Miss España es demasiado inteligente para sobrevivir entre gentuza.

Además de guapísima, junco entregado a la jungla de la maledicencia, escribí cuando fue proclamada Miss España que era una mujer demasiado inteligente y natural para sobrevivir entre gentuza. Estuvieron a punto de exterminarla. Es vasca, bilbaína, y según Anasagasti, no representaba a la «Nueva Euskadi». Su culpa, ganar como Miss Vizcaya y no como Mis Bizkaia, como si ella tuviera la culpa de las normas de ese disparatado concurso. Miss España es una mujer a la que se secuestra durante un año. Al cabo de ese tiempo. Se busca la vida en las nubes de ese mundo ficticio y depredador que rodea al *famosismo*. Inés Sainz probó de actriz y lo hizo estupendamente. Pero poco a poco se fue separando de ese purgatorio que no perdona a quien no se someta a sus leyes. Muy pronto intervendrá en otra serie de televisión, pero no es su objetivo. Tiene cabeza de empresaria y sólo le falta el empujón anímico que no le quisieron dar los que se aprovecharon de ella y de su belleza.

Justicia, no venganza

No es afectada, ni depende de la fortuna efímera. Trabaja calladamente porque no ha querido hacerlo en la pasarela multicolor de la falsedad, que va del rosa al marrón, y no más allá. Añora su tierra. Saldrá adelante sin ninguna duda, porque ya ha resistido, y la resistencia es sinónimo de victoria. Se lo escribí: «Intentarán machacarte, Inés Sainz, porque eres lo que ellos no quieren que seas, una mujer íntegra y segura, que sabe hablar, que razona, que no se deja vender por abrirse de piernas y que tiene muy claro que su estado actual es algo que pasa, aunque parezca eterno.»

En ella, personifico a cuantas mujeres jóvenes siguen presentándose a lo que parece un sueño y termina por ser un horror. Pero no todas tienen la categoría humana de Inés Sainz, ni su sensibilidad, ni su dureza, que en ocasiones, por sus raíces vascas quizás, es más dura que el hierro, que un verso de Unamuno o un bosque detenido y gélido en el invierno de sus montañas vascongadas.

Se mueve por Madrid como una luz que ha superado las sombras. Anson le recitó a Neruda y San Juan de la Cruz. Tiene cuerpo de poema de Alberti o Dámaso Alonso. Y todas las esperanzas reunidas. Para mí, es la heroína que supo vencer sobre lo falso. Y le sobra el mal genio, qué le vamos a hacer.

Infanta Cristina

Guapa, inteligente y un tanto cabezota, es querida y respetada allá donde va.

Segunda hija de los Reyes. Inteligente, guapa, un tanto tímida y con fuerte carácter. Así como su hermana, la infanta Elena, es más Borbón que Grecia, y el Príncipe de Asturias más Grecia que Borbón, la infanta Cristina ha distribuido sus genes con más equilibrio, si bien un buen analista concluiría en que tiene más del Rey que de la Reina. Se enfrentó a las normas no escritas y se enamoró de un jugador de balonmano vasco que militaba en el FC Barcelona y la selección de España, Iñaki Urdangarín, hijo de español y belga, de flamenca y vasco, y además, bastante nacionalista, amigo de Arzalluz y presidente de la alavesa Caja Vital. Políticamente, esa boda parecía pensada por Maquiavelo, pero el verdadero responsable fue Cupido.

Regatista y deportista

Boda en Barcelona, más fría que la sevillana de doña Elena. Muchos hijos, todos serios, guapos y rubios. Vive en Barcelona y trabaja en La Caixa. Regatista y deportista, como todos los de su familia. Conmigo se agarró un globo monumental cuando escribí que ella era forofa del Barça. Su marido lo es y alguno de sus hijos, pero la infanta Cristina lo tiene claro. Me lo dijo la noche que me entregó el Mariano de Cavia en *ABC*. «Mi marido juega y trabaja en el Barcelona, pero yo soy merengue hasta las uñas de los pies.» Así me gusta.

En el trato es aparentemente más cercana que su hermana cuando en realidad es más distante. Tanto ella como él no pueden disimular su condición de padrazos. Más alta de lo que parece, y encima calza zapatos con tacones, seguramente para fastidiar al personal. A todo español le disgusta ser más bajo que una mujer, y en el caso de la infanta Cristina el disgusto es bastante general. Pero sólo por ese detalle, porque la Infanta es querida y respetada allá donde vive —y no es fácil—, y allá donde va.

Le sobra el empaque cuando las circunstancias lo requieren y tiene para ello una osamenta especial, natural y educada. Los que se mueven más a su lado sostienen que es un tanto cabezota, y que logra casi todo lo que se propone con la ayuda de su sonrisa o la complicidad de su genio. Es el jueves de la familia, entre la infanta Elena y el Príncipe de Asturias, y como tal actúa, en el centro, mitad una y mitad otro, aunque se lleva mejor con su hermano que con su hermana. Bueno, eso lo he deducido yo, que algo tengo que escribir con mi toque personal.

Si no fuera Infanta de España la gente se pararía al verla en la calle. Y encima, lo es.

Infanta Elena

Se ha escrito que es el verso suelto
de la Familia Real.
Sólo es la más expresiva.

La más Borbón. Madrileña castiza. Algunos la comparan con *La Chata*, la infanta Isabel del poema de Rafael Duyos. Genio y figura. Mucho genio y mucha figura. Por ahí, sola, en la calle, como una más, embutida en una bandera de España y esperando la llegada de la selección de fútbol a la plaza de Colón. Se ha puesto de moda eso del verso suelto, y alguien ha escrito que la infanta Elena es el verso suelto de la Familia Real. Para mí que no. Sucede que es la más apasionada, la menos medida en sus reacciones y la más libre en su derecho a expresar lo que siente. Si por España hay que saltar, salta, y si hay que gritar, grita, y si hay que pegar una bofetada al de al lado, ahí se domina y no se la pega, pero de llamarse Elena Rodríguez, bofetón al canto.

También la más aficionada a los toros. Como su padre y su abuela, doña María. Como —aquí surge de nuevo— la infanta Isabel del romance. Esa pasión por todo lo que sea España y español rompe clamorosamente su natural timidez. Cuando va de Infanta lo hace muy bien, pero no es completamente ella. Me la figuro en otros tiempos buscando su libertad a escondidas, entre figones, mesones y corralas populares. Era gordita y hoy es un álamo. En la calle le dicen *La Borbona*, y es un dicho rebosado de cariño, que no de desprecio.

La soledad del hincha

Monta a caballo y salta. No todo puede salir bien. Tengo para mí que su carácter atemoriza a los caballos y más de una vez se han vengado de ella tirándola al suelo. Pero si así ocurre, se levanta sin mirarse y vuelve a las andadas. Lo dijo Kepperling: «El día que piense un caballo se acaba la equitación.» Algún caballo de la Infanta ha estado a punto de pensar, pero ella es dura como el corindón y erre que erre termina por dominarlos.

Su imagen en la inauguración de la Olimpiada de Barcelona. El paseo sevillano de su boda con Jaime de Marichalar. Años después las cosas se torcieron, pero la vida es así. Y esa figura de su soledad de hincha de la selección, embozada en su bandera, mirando al suelo, esperando el paso de los vencedores para gritarles lo que nunca puede gritar una Infanta de España desde el protocolo del palco.

La Borbona. Si no fuera Infanta y se llamara Elena Rodríguez le diría que es una tía estupenda. En todos los sentidos.

Infanta Margarita

Educada en el destierro, es querida y respetada por todos los que la conocen.

Nacida invidente y en el exilio. Segunda hermana del Rey. Hija de don Juan y doña María, reyes de derecho en el destierro. Española hasta el tuétano pero la más *portuguesa*. Políglota, melómana, culta, castiza y borbona. Es capaz de ponerle nombre a mil voces alrededor. Sufrió lo indecible cuando murió su hermano menor, don Alfonso, don Alfonsito, como se le conocía. Sin ver, ha navegado y montado a caballo. Sin ver ha leído y enseñado a leer. Rompiente y tronante. Simpatiquísima. Pero con un carácter fuerte y decidido, marcado por la sabiduría de su ceguera.

Boda con incidente

Se casó con el doctor Carlos Zurita, cardiólogo de prestigio a pesar de su juventud. Y ha formado con Carlos un matrimonio admirable. Su padre, don Juan de Borbón, le concedió el ducado de Soria, y tienen dos hijos, María y Alfonso, que andan por ahí sin presumir de nada. Su boda, en Portugal, tuvo sus intríngulis.

El padre de Carlos, el también ilustre cardiólogo Carlos Zurita, convidó a la boda al marqués de Villaverde, yerno de Franco, cirujano vascular. Villaverde creyó que había sido nombrado testigo y anunció su presencia como tal. Don Juan se opuso tajantemente a que Martínez-Bordiú se presentara vestido de pingüino, o con su uniforme de caballero del Santo Sepulcro y firmara en el acta matrimonial. El doctor Zurita lo llamó para deshacer la confusión, pero Villaverde montó en cólera y declinó la invitación. Fue el propio doctor Martínez-Bordiú el que informó a Carrero Blanco del «feo» que le habían hecho «los cabrones de Estoril». Y Carrero ordenó al embajador de España en Lisboa, José Antonio Giménez-Arnau, que no asistiera a la boda. Cuando se lo comunicaron a don Juan, éste ni se inmutó. «Me importa un bledo.» Probablemente no dijo «bledo».

Hoy, la infanta Margarita vive en España y veranea en Estoril. Su figura es querida y respetada por todos los que la conocen. Su marido ha sido un consorte de Infanta de España ejemplar, papel dificilísimo, como también lo fuera el marido de la infanta Pilar, Luis Gómez-Acebo, duque de Badajoz. Educada en la penuria del destierro, su infancia y juventud se caracterizó por la sencillez obligada. En silencio, sin ver pero viéndolo todo, ha colaborado con su comportamiento al cariño popular que se siente por la Corona.

Yo he cantado con ella muchas zambas, vidalas y chacareras del norte de Argentina, y debo reconocer que eso, lo del cante guitarrero, no lo hace bien del todo. Pero en algo tenía que fallar. Formidable Infanta, doña Margarita.

Irene Villa

Ha llorado en soledad. Es el símbolo de la grandeza de España, que no se rinde.

No oyó nada. Se encontró, junto a su madre, en el suelo y rodeada de humo. Quiso escapar y no pudo. Llegaron manos amigas y anónimas a ocuparse de ellas. Su madre, tendida en el suelo, gemía por su herida. Ella, en un segundo, comprendió que nada sería igual en adelante. Una niña alta, guapa, inteligente y con toda la vida por delante, se había quedado sin piernas. Allí estaban, calcinadas, separadas de su tronco, serradas por el terror, ofrecidas generosamente a la paz y a la libertad de todos los españoles que aman la paz y la libertad. Creció y mucho, sin piernas. Se hizo una mujer de primera. Ignoro el número de intervenciones quirúrgicas que ha tenido que soportar. Primero la silla de ruedas. Después las prótesis, todas dolorosas. Finalmente, una larga estancia en Suecia para conseguir el milagro de dos piernas artificiales que no le recordaran el horror por cada paso dado. Y todo ello, con una belleza creciente y una sonrisa que no se le ha ido de su rostro.

Justicia, no venganza

No quiere venganza —y razones le sobran para desearla—, ni tomarse la justicia por su mano. Pero exige

Justicia, con mayúscula. Y firmeza, y el fin de la hipocresía de los que dicen estar con las víctimas y posteriormente votan al lado de los verdugos. Ese Madrazo, ese Azcárraga, ese Setién mismamente. Ha llorado en soledad. O en compañía de la soledad de su madre —una mujer invencible—, horas y horas agobiada por la desesperación. Pero nunca en público, jamás exagerando su tragedia, bajo ningún concepto valiéndose de ella en busca de beneficios e intereses particulares. Ella sólo quiere ser lo que es, una víctima del brutal terrorismo de la ETA, y que los asesinos de sus piernas, de su juventud y de su futuro cumplan la condena íntegramente, sin gozos de indultos o rebajas vergonzosas.

Ha sido capaz hasta de esquiar con esas piernas que le quitaron para siempre, y que hoy son dos juncos sin vida adaptados a su cuerpo de mujer guapa. Irene Villa es el símbolo de la grandeza de la España que no se rinde. No puede uno meterse en la sensibilidad —¿la tienen?— de los terroristas, que no son sólo los que asesinan, sino los que los apoyan, los votan, los comprenden y los bendicen. Pero si algo les queda de seres humanos a esa gentuza, cuando vean a Irene Villa se quedarán profundamente consternados, humillados y vencidos.

Hoy, este retrato, escrito a vuelapluma, va acompañado de un inmenso ramo de flores.

Isabel Pantoja

Una buena cantante, una mujer difícil, una madre resignada.

Tiene muy buena voz, y me temo que un carácter imposible. Eso que llaman temperamento. Casó con Francisco Rivera, *Paquirri*, torero valiente, que se hallaba deshabitado de la guapísima Carmen Ordóñez, hija del gran maestro de Ronda, Antonio Ordóñez. Con Paquirri tuvo Isabel Pantoja un hijo, Paquirrín, gran intelectual. En Pozoblanco, un toro mató a Paquirri, e Isabel se erigió en viuda de España. Y cantaba eso de Marinero de luces con Paquirrín en las bambalinas y la madre en el palco, que ella era una viuda que viajaba con la madre, como todas las viudas decentísimas.

Amores y amistades

Pasó por su vida un variopinto rosario de amores efímeros y profundos. Paquirrín dejó de ir a las galas y conciertos porque había crecido y no cabía en los escenarios. Fue muy amiga de Encarna Sánchez, la frenética demagoga que en paz descanse, y de María del Monte. Adoptó una niña. Siguió cantando porque lo hace muy bien, con mucho éxito y un público fiel que sigue sus pasos. Aterrizó en la peor Marbella, la que hoy está en la cárcel. Y fue su imagen. Con Jesús Gil inhabilitado, Isabel enamoró a su sucesor, un tal Julián Muñoz, *Cachuli*, gran intelectual. ¡Ay aquel Rocío de los besos entre los pinares, o sobre las dunas de Doñana, o llegando a la ermita rociera, donde le aguardaba Rocío Jurado, con la que apenas se hablaba, y ésa sí que era un chorro de voz! Su amor con el alcalde Muñoz fue interrumpido por la Justicia, que también quiso saber de ella y de sus chándales con tacones.

Y siguió cantando. Pero con su Julián en la trena, un vendaval de pasión natural meneó sus sentimientos. Entre su Julián sin libertad y su Paquirrín con novia, se quedó con el segundo. Hoy el fresco de Cachuli pena durante los fines de semana para abrazar a su Isabel, pero ésta se muestra digna.

En resumen. Una buena cantante, una mujer difícil, una madre resignada, una hija ejemplar, una famosa insoportable y un tostón de señora, escrito sea con el mayor de los respetos.

Jone Goiricelaya

Bailaba con porte de reina, pero su mundo se redujo al ámbito rural del odio.

Dicen los que la conocieron que de joven era una mujer con un gran atractivo. Bailaba como los cisnes. Estudió Derecho y formó parte de esos grupos de escalada que interpretaron que las cumbres de las montañas vascas eran diferentes a las del resto de España. Ingresó la serpiente en su sangre y en su ánimo, y puso toda su sabiduría jurídica a disposición de la serpiente, cuando aún las víctimas de sus terribles mordeduras no alcanzaban un centenar. Para ella, como para sus compañeros de cimas y de danzas, la serpiente necesitaba enroscarse en algo, y le ofrecieron un hacha con mango de roble del monte Gorbea y cabeza de acero de Llodio. Su mundo se redujo al ámbito rural del odio, al urbano de la justificación y al judicial de la toga, más negra que todas las demás. Sólo la de Íñigo Iruin podía comparársela en negruras.

Danzas

Desde ahí hasta mil muertes, con sus asesinos defendidos ardientemente. En las salas de juicio y en los foros parlamentarios. Entre terrorista defendido y terrorista justificado, primavera vasca, mantenida su flexibilidad y su gracia danzando *zortzikos* en las altas praderas cuando la primavera llegaba. En *El bucle melancólico*, Jon Juaristi narra con tristeza poética el *aurresku* que Jone Goiricelaya baila en honor del etarra Eugenio Aramburo, *el Etxeko-jauna*, que se suicidó en su casa cercana a Mallavia cuando supo que iba a ser detenido. «Baila Jone sobre los campos verdes, circundados de montañas y de bosques que son un milagro de la primavera. Con elegancia sobria, marca los pasos de una danza grave y señorial, al son triste, elegiaco, de la vasca tibia y el tambor. Breve melena suelta al viento, corpiño negro sobre la cándida blusa, y falda roja que ondea como una oriflama banderiza en la quietud de estos valles, llenos de dulce añoranza. Tiene el porte de una reina.»

Y así era. Cuando baila, Jone se transforma, y su alma sin alma se disfraza. Repara más adelante Juaristi en una tragedia adelantada. Al fondo de la gran pradera en la que Jone baila en honor de un asesino, se asoman los tejados de las casas trabajadoras de Ermua, que es eso, la yerma, la sin nada, Casas de *maketos* inmigrantes que un día llegaron a las Vascongadas de otras partes de España a trabajar. Y mientras Jone baila y llora por el asesino, un chico joven, Miguel Ángel Blanco, concejal del PP en Ermua, la yerma, la sin nada, sale de su casa camino del Ayuntamiento en un día cualquiera de su última primavera.

Jone Goiricelaya ya se muestra devastada físicamente y poco le queda de baile. Pero sigue aferrada al hacha y la serpiente. Y sonríe. Pilar Bardem, en su nombre y en el de sus compañeros del Cine español, entre besos, abrazos y ovaciones, le acaba de entregar un ramo de rosas blancas. Y Jone, claro está, sonríe agradecida.

La madre de Iker Casillas

Tiene que ser una mujer formidable, por cuanto su hijo es un tipo simpático, sencillo.

Ignoro su identidad, pero ya tiene mil calles figuradas en todos los puntos de España. Resulta muy fácil averiguar el nombre y apellidos de esta estupenda señora, pero tiene más gracia el anonimato. Se han fabricado centenares de placas callejeras con la siguiente inscripción: «Calle de la Madre que Parió a Iker Casillas.» Un nombre larguísimo para una calle, pero no exento de belleza. En España, eso de la «madre que le parió» es elogio inmenso, admirativo. Contaba doña María de las Mercedes, madre del Rey, que en Sevilla le dijeron casi simultáneamente los dos piropos que más le llegaron al alma. Paseaba en coche de caballos por la calle de San Fernando y un paseante le gritó: «¡Viva la madre que parió al Rey, que es del Betis!» Y al segundo, la réplica: «¡Viva la madre que parió al Rey aunque sea del Betis!» Eso, la libertad en la discrepancia.

La madre que parió a Iker Casillas se ha hecho merecedora de sus calles por los penaltis que detuvo su hijo a los italianos. Gracias a él, España alcanzó la semifinal de la Eurocopa contra Rusia, a la que se comió con patatas fritas, o mejor escrito con caviar. Y de aquellos penaltis detenidos, vino la final, contra Alemania, que fue la pera. ¡España, campeona de la Eurocopa! Pero no es sólo por eso. La madre que parió a Iker Casillas tiene que ser una mujer formidable, por cuanto su hijo es un tipo simpático, sencillo, inteligente, bien educado y alejado del divismo ridículo de los famosos. Se nace con la clase dentro, pero sin la buena educación, esa clase se evapora y desaparece. Iker Casillas, que es además el portero de mi club, el Real Madrid, se ha convertido en un héroe nacional por otros motivos que su excepcionalidad deportiva. Porque allá donde va deja un recuerdo imborrable de señorío y naturalidad. Porque saca horas de donde no las hay para viajar y patrocinar todo tipo de actos que beneficien a los desprotegidos del mundo. Porque su nombre siempre encabeza los proyectos de amor hacia los desfavorecidos. Eso se lleva en la sangre y en la sonrisa, que es la expresión del sentimiento, del alma. De ahí que la madre que parió a Iker Casillas ingrese con todos los honores en este retablo de las *Mujeres del Reino*, porque la queremos y admiramos, porque ha hecho de un hijo un ídolo accesible, y porque me da la gana. Y todos mis respetos a su padre, que también merece los honores. ¡Viva la madre que parió a Iker Casillas!

La Reina

Es la permanente sonrisa de La Zarzuela,
la madre siempre presente.

Ha cumplido 70 años. De la mano de su marido, todavía Príncipe de Asturias —durante unos años fueron Príncipes de España, que es título inventado por el anterior sistema—, vino a Madrid. Siempre discreta, firme, sonriente y aguda. Le gusta la política pero sólo ejerce en casa. Vegetariana, come algo de pescado y nunca carne. Cuando acepta presidir cualquier fundación o asociación benéfica, lo hace a fondo. Preside la Reina y preside la mujer. Una buena parte del éxito de la Corona reinstaurada y restaurada en España después de la renuncia del conde de Barcelona se debe a ella. Además es valiente, y lo demostró en los años difíciles, cuando mandaban a los príncipes escuadrones falangistas para entorpecer sus actividades. Y fue valiente en la Casa de Juntas de Guernica, soportando los alaridos *batasunos.* Y fue valiente en la noche del 23 de febrero de 1981, aguantando a pie firme en el despacho del Rey, y siguiendo de cerca el desarrollo del golpe de Estado. Ella fue la que tuvo la idea de abrir las puertas del despacho al Príncipe, un niño, para que aprendiera de cerca los peligros de reinar en una nación que empezaba a ver la definitiva libertad. En los viajes de Estado, la Reina es la sombra del Rey, protagonista por no querer serlo. Sus padres le enseñaron a no mostrarse débil en público, y en España lloró por primera vez, abiertamente, en El Escorial, cuando se llevaban hacia el Pudridero el cuerpo sin vida de su suegro, don Juan de Borbón, el rey de derecho durante cuarenta años en el exilio. Don Juan tenía de su nuera, la Reina, el más cumbrero de los conceptos. «La Reina es extraordinaria.»

Soporte de un Rey que pasará a la Historia

Su defecto, si ello es un defecto, es probablemente la distancia. Se siente española, y es castiza, y usa de un vocabulario extenso, culto y joven, pero no ha querido tener amigas de por aquí, y probablemente ha acertado, porque las amigas de por aquí se vuelven muy pronto cortesanas y aduladoras, y la Reina no quiere cortes, ni grupitos de privilegiados. El Rey tampoco. La Reina es la permanente sonrisa de La Zarzuela, la madre siempre presente, la abuela que se multiplica, la consejera que no yerra y el soporte de un Rey que pasará a la Historia, como ella, ocupando un lugar de honor en la memoria de España. Culta, melómana, lectora, amante del arte, políglota y estallante. La mejor embajadora. Si no confiara tanto en Pilar Urbano sería perfecta.

Maleni Álvarez

Cada vez que abre la boca, tiembla el Gobierno y aplaude la oposición.

Es un terremoto, por cuya intensidad no puede conocerse la cifra aproximada de sus damnificados. Terremoto de Málaga, garza viajera. Fue la consejera de Aviaco mejor dispuesta al vuelo. Centenares de viajes gratis total en compañía de toda su familia. Consejera con Chaves en la Junta de Andalucía. Chaves se la encajó a Zapatero aprovechando el resquicio de la cuota femenina. Y ahí la lio.

Con su simpática manera de hablar, se hartó de pasadas promesas refiriéndose al «Plan Galicia de mierda». Son cosas de ella. Todos los desastres y las incompetencias posibles y probables, y hasta las casi imposibles e improbables, se han reunido en sus obras públicas. Pilares de puentes que se desmoronan en plena construcción, desastres ferroviarios, angustias aéreas, carreteras mal construidas. Tuvo el detalle —lo cortés no quita lo valiente— de inaugurar la T-4. Es decir, de inaugurar lo que ella no había hecho. Pero estuvo encantadora y departió amablemente con todos los asistentes al acto.

Agujeros y retrasos

Cada vez que abre la boca, tiembla el Gobierno y aplaude la oposición. Fiestas de Málaga, *Mystère* a su disposición, porque no se fía de sus trenes ni de sus carreteras. En los túneles del AVE a Málaga, las aguas se filtran con singular insistencia y belleza. En las vías de Cercanías de Barcelona, nada de particular. Dos meses sin servicio. En la del AVE, a siete días de la inauguración oficial, 150 metros de cable de la catenaria caen al suelo. No obstante, según ella, todo está en orden. «Señora ministra, que se ha fastidiado la catenaria»; «Es lo mismo, todo está en orden».

Echa de menos el pescadito frito, los atardeceres del Mediterráneo agónico, la gracia en los hablares y la tranquilidad de la provincia. España entera celebraría que tomara muchos pescaditos fritos, contemplara todos los atardeceres del Mediterráneo agónico, participara en las charlas chispeantes con gracia en los hablares y disfrutara de la apacible tranquilidad de la vida en una capital de provincia. Pero nos tememos que sus planes son otros y una cierta intranquilidad, casi espanto, se respira por determinados ambientes. Antes de cruzar un puente, la gente pisa fuerte y si no cede, lo cruza, pero con precaución, casi de puntillas. Le dejaron hechas las obras del AVE a Barcelona y Valladolid y las ha retrasado cuatro años. La ministra eficacia del socialismo.

Dicen que tiene previsto, cuando abandone el Gobierno, volver a ocupar un cargo en la Junta de Andalucía. Y dicen que Chaves, al enterarse de sus planes, se hizo pipí en el pijama.

María Antonia Iglesias

No es mujer fácil de encasillar, tiene talento y un notable bagaje profesional.

La conocí cuando trabajé de meritorio en el Servicio de Documentación del extinto *Informaciones*. Nombres ilustres, al cabo del tiempo, en aquel ático de la calle de San Roque. Lo dirigía Guillermo Medina, y se sentaban en las mesas de su redacción José Rodríguez Alfaro, José Luis Martín Prieto, Manuel Alcántara, Joaquín —*Jimmy*— Giménez Arnau, Víctor de la Serna, Emilia Ors... y María Antonia Iglesias. Desayunaba con ella en una cafetería cercana, y era simpática y rompedora, con un gran sentido del humor y ningún brote de amargura. Ocultaba o disimulaba su condición de izquierdista con toda lógica e inteligencia. Dirigía el periódico Jesús de la Serna, y era redactor-jefe, por su valía indudable y por la garantía que ofrecía al Régimen, Juan Luis Cebrián.

Antigua tolerancia

No nos hemos encontrado mucho posteriormente. María Antonia es una asidua a los debates y yo aborrezco ese formato falso de las televisiones, en las que la demagogia y la falta de educación triunfan sobre las ideas. María Antonia es una polemista dura y, a veces, hiriente. Ha olvidado su antigua tolerancia. Un dato patético: es una de las grandes amigas de Xabier Arzalluz, personaje inteligentísimo e igualmente pernicioso. Algún día se sabrán sus cosas y sus miserias. María Antonia, que en privado —según me cuentan— mantiene su sonrisa, en público resulta estremecedora. Insulta, acusa y desprecia a quienes no piensan como ella. Es de misa y comunión diaria, pero no parece tener propósito de enmienda. Fue sectaria pero admirablemente disciplinada cuando dirigió los Servicios Informativos de TVE en tiempos de Felipe González. No es mujer fácil de encasillar, excepto en su mal estilo cuando le pintan bastos. Tiene talento y un notable bagaje profesional, que en ocasiones le pesa en demasía. Le han dicho de todo y ella no se ha quedado atrás. Su singularidad física la hizo acreedora de motes humillantes y poco caballerescos, a los que no fui ajeno. Creo que es una estupenda periodista dominada por un clamoroso sectarismo. Inteligente, viva, parcial e injusta. No desdeñable por cuanto no pretende que su verdad, tantas veces mentira, sea la verdad con mayúscula. La expone, insulta a quien no la acepta y vase.

A pesar de la irritación que me producen muchas de sus intervenciones —algunas de ellas intolerables—, sigo creyendo que esta mujer tiene remedio. No mucho, pero algo.

María Antonia Munar

Manda mucho, Antich la obedece y su influencia en el poder insular es grande.

Es la creadora de un partidillo local, Unión Mallorquina, cuyo único objetivo es pactar con el Partido Popular o el PSOE para formar parte del Gobierno de las Islas Baleares. Nadie sabe qué tendencia tiene ese partido, a qué ideales responde, cuál es su proyecto de futuro y qué importancia puede llegar a tener en la sociedad balear. Pero sí se sabe que la señora Munar lleva décadas sin bajarse de la burra, que manda mucho, que Antich la obedece y que su influencia en el poder insular es infinitamente más grande que en las urnas. Carácter, inteligente y algo paleta.

Mujer de joyas. Mucho metal en sus dedos. Una de las mejores clientes de la *milla de oro* de Madrid, una milla perpendicular por cuanto la forman las calles Ortega y Gasset y Serrano, la primera desde Velázquez hacia abajo, y la segunda desde Diego de León a Goya. Por ahí, sin gran esfuerzo, se pueden encontrar los establecimientos de Louis Vuitton, Bulgari, Hermés, Gucci y Cartier. No es sencilla en sus compras y preferencias, no. Prefiere Madrid para comprar porque en Palma de Mallorca daría el cante, y la señora Munar no está para dar ningún tipo de cante por culpa de algunas peripecias judiciales que afectan a su partido.

Mantener el poder

No tiene aspecto de ser arrolladoramente simpática, ni simpática a secas. Adusta y cortante. Muy mandona. Pertenece a esa especie de personajes dedicados a la política local que tanto influyen en sus lugares por el caótico sistema electoral que impera en España. Con un saquito de votos se puede obtener un número de escaños que posibilitan el que gobiernen unos u otros, y suelen gobernar con unos y con los otros, porque el poder es lo más importante. El poder no desgasta. Lo que desgasta es no tener poder, y eso lo sabe la señora Munar perfectamente. Y cumple con su sabiduría.

Y hay mucho de paleta en su obsesión por las grandes firmas comerciales, preferentemente las francesas. Pero eso pertenece al gusto, y es una cuestión personal. Si tuviera influencia sobre ella, le recomendaría más sencillez en su imagen, pero es probable que ella se vea sencilla, y entonces no tendría nada que hacer.

Dentro de un siglo, si Dios no lo remedia, gobernarán en las islas el PP o el PSOE. Y dentro de un siglo, seguirá ahí, con su llave del poder, María Antonia Munar. La incombustible presencia. Salud y Vuitton.

María Dolores de Cospedal

Se mueve por la política con agilidad, es símbolo del futuro más avanzado del PP.

María Dolores de Cospedal es la turbación del Partido Popular. Para muchos, una realidad y para menos, un enigma. Fue una brillante consejera de Transportes en la Comunidad de Madrid, y se atrevió a dar el salto como candidata del PP a la presidencia de Castilla-La Mancha, que es feudo autonómico del PSOE. Sus resultados fueron sorprendentes, y ahora suena como miembro del oculto equipo de Rajoy. Creo que haría muy bien en seguir en Toledo por un tiempo, pues lo más complicado, la implantación y el prestigio, ya los ha conseguido.

Antigua tolerancia

Quiso tener un hijo y lo tuvo. El sector más antiguo y recalcitrante de su partido la condenó por pecadora. Su nombre es de copla, y eso en España suena muy bien, pero de copla sureña, de cal y poniente, no a la Dolores de Calatayud, que es una pelma de tía además de fresca. María Dolores tiene en la «s» una dificultad manchega. En ocasiones se la traga, porque La Mancha y Andalucía lindan y comparten la animadversión por la «s» final de nuestras voces, si bien a María Dolores de Cospedal le afloran con más frecuencia por aquello de sus muchos años en El Foro.

Cuando mira a los ojos de un hombre, lo turba. Se mueve por la política con una agilidad pasmosa, y no me equivoco si calculo en más de un centenar los políticos que la sueñan. Pero ella es la que elige, como siempre ocurre cuando el hombre y la mujer se plantean las fogaradas, y la elección de María Dolores es un secreto que molesta mucho, sobre todo a los que no son el elegido. Las mujeres de La Mancha —pronto vendrá a estas páginas la escritora Ángela Vallvey— miran mucho más allá que otras, porque su paisaje llega mucho más allá que otros paisajes. Una mujer castellano-manchega puede ofrecer una ilusión a diez kilómetros de esperanza. La mujer de la costa jamás mira hacia la mar. La de montaña es inmediata, como la elevación del suelo. Aquí te pillo y aquí te mato. La que ha nacido en horizontes infinitos es larga y sabia. Antes de elegir examina uno a uno todos los olivos, y las vides, y hasta las encinas de las dehesas. Por eso sorprenden en el amor y en la política, donde la largura es tan necesaria. María Dolores es un símbolo del futuro más avanzado del Partido Popular. Que no se mueva mucho en estos tiempos. El oro en la política, tratado con inoportunidad, puede hacerse bronce. Guarde su oro en la dorada Toledo, y aguarde mejores tiempos. Que vendrán.

María Dolores Pradera

Nos ha regalado el folclore español y el americano. Con señorío y saber hacer.

La gran señora de la canción popular, del folclore americano.

Con anterioridad a su culminación con el canto, actriz y primera mujer de Fernando Fernán Gómez. Pero su matrimonio más feliz fue cosa de tres. Ella y Los Gemelos, dos hermanos virtuosos de la guitarra que dejaron sus profesiones, después de brillantes carreras universitarias, para acompañar a María Dolores por todo el mundo.

María Dolores, cuando canta, elimina toda sobreactuación, afectación y exageración. Es el colmo de la naturalidad, del señorío. Canta las rancheras mexicanas mejor que Lola Beltrán, las zambas y vidalas del norte argentino con mucha más hondura que Mercedes Sosa, que pierde su naturalidad extremando el indigenismo. Su versión de *La Luna Tucumana* de Atahualpa Yupanqui es el resumen de la belleza sencilla. Formidable su *Limeña*, pero me interesa más la María Dolores que va adentrándose en el folclore de la América nuestra y rescatando canciones maravillosas. El gran Jorge Cafrune dijo de ella que era la «Gran Dama» del escenario, y mis amigos Los Chalchaleros, por la boca de su jefe y fundador Juan Carlos Saravia, que nadie ha cantado con tanta profundidad y elegancia los prodigios salteños, jujeños, tucumanos y entrerrianos.

Regalar el folclore

También se ha ocupado, y brillantísimamente, del folclore español, y ha llevado a todos los rincones del mundo las habaneras de Antonio Burgos, la «Habanera de Cádiz» y la «Habanera de Sevilla», superando al mismísimo Carlos Cano, que con innegable arte y virtuosismo se desmedía de afectación. «La Habana es Cádiz con más negritos / Cádiz, La Habana con más salero.» A ella le enamora cantar eso de «con su son de caoba, manigua y ron» y se nota su emoción en los ojos, que no en la voz, siempre natural, tranquila y armónica. María Dolores nos ha regalado el folclore americano y lo hemos aceptado como nuestro. No imita los acentos, esa costumbre ridícula de muchos cantantes españoles que al cantar una zamba, una vidala o una chacarera *sesean* como si hubiesen nacido en el corazón de Salta. María Dolores canta, no interpreta, y sobre el escenario es un junco elegante, una negra caña de azúcar amparada en una toquilla que deja en el aire todo el sabor de la zafra, y la poesía del campo, y el talento de los guitarreros que han puesto música y letra a la inmensidad de América.

Merece la edición de su naturalidad completa, de su señorío completo, de su arte completo. La oigo y me levanta el ánimo. Y la veo con sus Gemelos, de negro ella, tan rubia y clara, guapa cimera, cantando aquello de la goleta del embarcado y la niña que llora en el corredor. La más grande.

María San Gil

Mientras exista una como ella, los canallas que asesinan no podrán vencer.

Presidenta del Partido Popular en el País Vasco. Guipuzcoana. Donostiarra. Amante de la paz, la libertad, la convivencia y la tolerancia. No puede pasear por su ciudad sin escolta. En sus ojos, profundísimos, se lee el paisaje de la bahía de la Concha. A veces, alegres como en los días claros del norte de España. En ocasiones, tristes y húmedos, desesperanzados por tanta brutalidad e injusticia sufridas en su propia piel y en la de los suyos. Que así estaba, feliz y libre, tomando un aperitivo en La Cepa de la Parte Vieja de San Sebastián, a un paso del Ayuntamiento, cuando vio cómo asesinaban de un tiro en la nuca a su amigo Gregorio Ordóñez, teniente de alcalde del Ayuntamiento donostiarra. Gregorio, *Goyo*, hablaba con ella cuando una ráfaga maldita, una sombra criminal, pasó por su espalda y le descerrajó un tiro en la cabeza. María, vencido momentáneamente el horror y el estupor, salió a la calle a perseguir al asesino, pero nadie vio nada, nadie le indicó nada, nadie se atrevía a haber intuido nada.

Dolor soportado

Tomó el relevo de Goyo. Vivió la muerte de decenas de compañeros de partido y de socialistas honrados, de la época de Redondo Terreros y Rosa Díez. Se le rompió el alma cuando los terroristas secuestraron, torturaron y asesinaron a Miguel Ángel Blanco. En el mismo barrio vivía y sacaba su perrito a mear, tranquilo, seguro y sin escolta, el nacionalista Joseba Egibar. Ni una palabra de ánimo ni de pésame. Ella era uno de los frutos que caían y él de los que meneaban el árbol, según la brillante metáfora de Xabier Arzalluz. Tanto dolor soportado, tanta angustia vivida, tanta amenaza insistente, tanto miedo vencido, le pasaron la factura física de un cáncer. Y venció al cáncer como triunfó sobre el miedo. María San Gil, firme como una roca de la proa de Igueldo, le ofrece todos los días a los terroristas y los que amparan a los terroristas la maravilla de su sonrisa, su mirada clara y su palabra sincera. No conoce el odio, pero sí la energía para combatir la barbarie. Ella, junto a Regina Otaola, María José Usandizaga y tantas vascas valientes y decididas, mantiene en pie la Constitución, libertad y españolidad de las tierras vascas, mientras los nuevos socialistas de Patxi López, Eguiguren y demás calaña, se han entregado al despropósito.

Mientras exista una María San Gil, los canallas que asesinan, secuestran, extorsionan y amenazan, y los que se benefician de su perversidad, no podrán vencer. Podrán asesinarla, pero ella vivirá siempre. Guapa.

María Teresa Campos

Amiga de sus amigos y adversaria temida si las traiciones hieren su sensibilidad.

En un principio dio en sus programas de televisión una imagen de demagoga perforante. Evolucionó hacia la maestría y se convirtió en un mito familiar y querido. Es amiga de sus amigos hasta las cachas, y adversaria temida si las decepciones personales, las traiciones profesionales o las palabras mal dirigidas contra ella hieren su sensibilidad.

Se mueve o se sienta en un plató de televisión con una naturalidad pasmosa, y tiene eso que no se puede imitar y que destaca en su buen hacer, eso que por no poder explicarlo, se llama eso. Malagueña. Buena gente. Su aportación a los programas frívolos ha sido la moderación y el buen gusto. Coincidí en varias ocasiones con ella en casa de Camilo Cela, el gran don Camilo, que sentía hacia ella una simpatía que no regalaba.

Un genio endemoniado

En mis tiempos más perversos le escribí algunos versos con sus dientes de protagonistas. Pecados de juventud que ella amnistió con el paso de los años. Ahora ya no me fijo en sus dientes, sino en toda ella, en su conjunto de mujer y popularidad, de profesional y mito, que cumple con armonía y naturalidad. Tiene una hija que vuela sola por los mismos espacios, Terelu, y que ha tenido la gran inteligencia de no imitar a su madre. Tiene María Teresa un genio endemoniado y un gran sentido del humor, que son perfectamente compatibles. Su sentido del humor lo he disfrutado, y su genio endemoniado, afortunadamente, no ha estallado jamás contra mi persona, entre otras razones, porque no le he dado motivos para ello, exceptuando aquellos versos hirientes en los que comparaba sus piños con los de doña Marisa Vicario, la madre de la genial Arancha, que ella escribe Arantxa, cuando en realidad o es Arancha o Arantza, pero se trata de un problema menor que no viene a cuento. Los programas de grillos, chismes, bulos, cuernos, camas, polvos, pedorras y pedorros, putones y chulos, tortis y monfloritas, no dejan ya espacio a personas como María Teresa, que inventó el género desde el buen estilo. Con María Teresa, hasta ese tipo de personajuchos limitaban su vileza y parecían gente normal. No obstante, María Teresa Campos morirá, y espero que tarde en hacerlo, con las botas puestas, porque lleva la profesión de comunicadora en la sangre, y ese veneno perdura para siempre.

Es una vieja rockera y ante una cámara, sabe latín. Tiene abiertos otros horizontes en el mundo de la televisión. Bueno sería, para el buen gusto, que no los desechara.

María Teresa Fernández de la Vega

De aspecto seco y juncal, es amable, bien educada y hasta simpática.

Vicepresidenta del Gobierno con Rodríguez Zapatero. La que coordina al resto de los ministros y, normalmente, la que trabaja. De aspecto seco y juncal, perfil castellano. Muy coqueta en el vestir. En la cercanía, amable, bien educada y hasta simpática. En privado dicen que actúa con inflexible autoridad, y que puede mostrarse irascible. Y escribo que «dicen» porque lo he oído, no por experiencia propia. Cuando alguno de sus compañeros de Gobierno mete la pata, que ha ocurrido frecuentemente, el problema termina en la mesa de despacho de María Teresa. Ha sido ministra de Fomento, de Igualdad, de Justicia, de Trabajo y de Asuntos Exteriores, para arreglar las meteduras de gamba de los ministros de Fomento, de Igualdad, de Justicia, de Trabajo y de Asuntos Exteriores. Cuando a Zapatero se le presentan problemas sin solución, siempre ordena lo mismo: «Que actúe la vicepresidenta.»

Con Belloch se acostumbró al poder

Un gramo más flaca y se desmorona. Espiga con carácter. Fue secretaria de Estado de Justicia con Alberto Belloch, y ahí se acostumbró al poder. Lo cierto es que, a pesar de su aparente sequedad, es la miembro del Gobierno más respetada por la ciudadanía, incluida la ciudadanía adversa al socialismo. Pero como toda persona excesivamente poderosa, tiene gatos en la barriga, aunque carezca de barriga, y conchas en la piel, siempre escondidas.

Gran amante de los trapos. Se viste como una joven de 20 años y aguanta el tipo. Mirada dura, pero cálida. Y sonríe bien. Es importantísimo sonreír bien para mandar. Tan importante como saber mandar. Dentro de lo que cabe, intuyo que María Teresa Fernández de la Vega representa un ápice de independencia en el Gobierno, al que tiene metido en un puño. Es la enterada de todo, la siempre informada y la continuamente consultada. Y Zapatero no le enmienda nunca la plana por muchas ganas que tenga de enmendársela.

Se le afea un defecto. Su sectarismo. Es incapaz de reconocer méritos en personas que no vuelen en su entorno ideológico. Ella es la que concede los méritos y las recompensas, aunque no corresponda a sus responsabilidades. Lo cierto es que María Teresa, tan poderosa, tan fuerte, tan estricta, en el terreno corto es una mujer que sabe mirar y sonreír. Y eso no es algo, sino bastante.

María Teresa Rivero

Mujer de paciencia infinita, es presidenta del Rayo Vallecano y esposa de Ruiz-Mateos.

Jerezana. Esposa de José María Ruiz-Mateos. Presidenta del Rayo Vallecano. Madre de la intemerata de hijos. Apasionada en el palco de su estadio y sereno equilibrio en su casa. Estuvo siempre al lado de su marido. Aun en los peores momentos, y mantuvo el rumbo de una casa grande cuando José María penaba de cárcel en cárcel por el gravísimo delito de haber sido despojado de sus bienes por una decisión política.

Mujer de paciencia infinita. Cuando el Rayo se hundía, los Ruiz-Mateos lo compraron. Le habían cortado al club el agua del vestuario. Y fue ella la que se hizo cargo de la presidencia sin entender nada de fútbol. En ese mundillo oscuro y grosero del fútbol, se ganó el cariño y el respeto de todos, incluso de los árbitros, a los que increpaba con vehemencia cada vez que se equivocaban contra su equipo. Se levantaba de su asiento, miraba hacia atrás, intercambiaba comentarios con los espectadores cercanos, le decía al presidente del equipo contrario que con la ayuda del árbitro no era decente ganar, y lo hacía con su señorío de siempre, la clase que no ofende y la gracia de su tierra jerezana, que forma parte del triángulo luminoso de Andalucía la Baja, el triángulo del talento popular y el humor espontáneo, el sueño del poeta Fernando Villalón, ganadero que se arruinó por buscar con cruces y mezclas que sus toros tuvieran los ojos verdes. Esas cosas que sólo suceden por allí.

Cualquiera, menos Miguel Boyer

De familia bodeguera, se hizo más bodeguera aún por su marido. En unas horas, el trabajo de decenas de años y unas empresas con miles de empleados fue tirado por los suelos por un poder omnímodo y la complicidad de otros bancos. Lo que le quitaron se lo dieron a otros por una peseta y se hicieron millonarios. Y para colmo, metieron a Ruiz-Mateos en la cárcel. Ella soportó el tirón y, gracias a su apoyo, su marido y sus hijos han levantado un nuevo grupo de empresas y otros miles de puestos de trabajo. «Estamos abiertos a todos, menos a una persona. Si Miguel Boyer quiere trabajar con nosotros, le diremos que busque por otro lado.» Pero no ha presentado todavía su solicitud.

María Teresa Rivero, la mujer, la madre, la abuela, sólo quiere ahora que su familia se mantenga unida, que sus nietos crezcan libres y con futuro, y que el Rayo Vallecano suba de nuevo a la Primera División. Se merece cumplir sus objetivos. La alegría es más grande cuando se ha experimentado el sufrimiento, la soledad, la injusticia y hasta el desprecio. Ahí va mi sombrero, María Teresa.

Mariquita Pérez

Tan española, tan suya, tan humilde y afanosa, era el contrapunto de Manolita Chen.

En mi opinión, una guarra. Tiene más años que el Puente de Toledo y se sigue vendiendo como niña. En tiempos del franquismo Mariquita Pérez era más recatada que ahora. Se limitaba a ser Mariquita Pérez, sin más pretensiones. Ocupaba un lugar en los armarios o las estanterías de muchas niñas de acrisoladas virtudes, y jamás dio que hablar. Era el contrapunto de Manolita Chen, que dio que hablar una barbaridad.

Tan española, tan suya, tan humilde y afanosa, no pudo dominar la envidia por Barbie, la extranjera avasalladora. Y en lugar de conformarse con lo que había sido siempre, intentó imitar y superar las cualidades de su principal competidora. Aprovechó el fallecimiento de Franco para subirse las faldas, ceñir sus vestidos a su cuerpo y ofrecerse con toda suerte de complementos que, unos años atrás, nunca hubiera osado ponerse. Los vaqueros ceñidos de Mariquita Pérez fueron motivo de más de una protesta al Arzobispado de Madrid.

No contenta con todo ello, Mariquita Pérez se quitó la careta y se puso a protagonizar toda clase de porquerías. Empezó por lo más fácil, que era hacerse pis encima. Se vendía con braguitas supletorias. Años más tarde, aburrida de hacerse sólo pis, se puso a hacerse popó. Simultaneaba una cerdada con la otra. Y, finalmente, vino con el mes. Mariquita Pérez, cada veintiocho días, era visitada por *el tío de América*, cambiando por completo las costumbres y, sobre todo, la inocencia de las niñas de España.

En la actualidad, además de las indecencias anteriormente señaladas, Mariquita Pérez tiene teléfono móvil, ordenador portátil y bolsa para ir a la playa, en cuyo interior ha habilitado un pequeño bolso con cremallera en el que puede introducir los *tampix* y las *evix*, sean con alas o sin alas. Un grave deterioro moral que ha influido negativamente en las niñas de hoy y que incomprensiblemente se la siguen pidiendo a los pulcros y santos Reyes Magos de Oriente.

Para mí, y siento repetirlo, un zorrón desorejado.

Marta Ferrusola

Mujer de carácter y nacionalista, lo que no la beneficiaba era anticatalanismo.

Se acercaba la Olimpiada de Barcelona, y el Muy Honorable Jordi Pujol ofreció una comida en la sede de la Generalidad de Cataluña a un grupo de altos directivos del deporte español. Se sentaba a la derecha de su esposa, Marta Ferrusola, Alfredo Goyeneche Moreno, conde de Guaqui, entonces vicepresidente del Comité Olímpico Español. Marta Ferrusola se dirigió a él en catalán. «Lo siento, señora Pujol. Me encantaría poder hablar en catalán, pero no sé hacerlo»; «bien, entonces hablaremos en francés». Y el conde de Guaqui se levantó de la mesa, y fuese.

Pujol era pragmático, y doña Marta —*La Marta*—, militante del nacionalismo. Uno de sus nenes corría todos los días por Barcelona con una pancarta que decía eso tan extraño de *Freedom for Catalonia*. Doña Marta, además, es una gran empresaria y convirtió su negocio de floristería en un emporio de arbustos, flores y céspedes con una gran clientela. No comprar flores a doña Marta equivalía a ser un enemigo de Cataluña. El Barça tuvo que cambiar el césped del Camp Nou, y la empresa de doña Marta se aprestó a ello. Eran los tiempos del Dream Team —honda cursilería—, y el tapiz verde que replantó doña Marta no facilitó el juego del equipo de Cruyff, que perdió algún partido en su campo. Pero todo socio que se quejaba del mal estado del césped del Camp Nou se convertía inmediatamente en un feroz enemigo de Cataluña.

Broma bienintencionada

Demostró tener agallas lanzándose en paracaídas a cuatro mil metros de altura. Caída libre y suave descenso, ya con el paracaídas abierto, hacia el amado suelo de la Patria que no era libre, según el niño. Los periódicos catalanes destacaron la noticia como un acontecimiento histórico, y sólo en los de Madrid se permitieron publicar alguna broma bienintencionada al respecto. Lo normal y esperado en los enemigos de Cataluña.

Por lo demás, doña Marta es mujer fuerte y con carácter. Ha conseguido encajar a todos sus hijos en las finanzas y la política. El negocio marcha divinamente y ha superado con heroicidad el hecho de tener que ver a Jordi Pujol todos los días, recién despertado y sin peinar. Manda una barbaridad y eso se nota. Así como su marido, políglota, habla un español perfecto y admirable, ella prefiere el francés cuando no puede hablar en catalán. Lógica reacción de defensa ante tantísimo enemigo de Cataluña.

Las canas han ennoblecido su figura, digna acuarela de mujer rotunda. Carácter autoritario, muy de madre antigua y tradicional. Casi retirada de la vida oficial, su sola obsesión es mantener a salvo a su familia de los enemigos de Cataluña.

Marta Robles

Ha triunfado en el papel, en las ondas
y en la televisión y sus días
tienen 25 horas.

Los envidiosos dicen que todo lo ha conseguido porque está buena. Lo está, pero todo lo ha conseguido porque no conozco a mucha gente con más capacidad para trabajar que ella. Trabajo y talento, que le sobra. Me cabe el honor de ser el único varón nacido en Europa que le ha dado un plantón. No tengo intención de dárselo por segunda vez, pero me interesa dejar constancia histórica de ese hecho fundamental.

Marta ha triunfado en el papel, en las ondas y en la televisión. Escribe con gracia peculiar, y aun siendo bastante feminista, nada tiene de coñazo. Frente a ella, Winston Churchill no podría haber empleado su ingenio dialéctico, como hizo con lady Astor. «Señor Churchill, es usted un borracho»; «y usted fea, pero mi problema se termina cuando duerma la siesta, y el suyo no se puede solucionar».«Señor Churchill, si yo fuera su mujer, le pondría cianuro en el café»; «y si yo fuera su marido, me lo bebería». Ante Marta Robles, Churchill se mantendría callado y feliz.

Para colmo, Marta es una mujer que siempre está dispuesta a trabajar para los demás. Todo lo que sea benéfico, altruista y caritativo, tiene en Marta a una colaboradora incondicional. Lo mejor de ella es su corta distancia. Irónica, con un gran sentido del humor, rápida y concluyente. Lo peor, que está con un señor muy pertinaz que sigue enamoradísimo de ella. Este detalle no ensombrece su junco rubio, porque Marta Robles es de esas mujeres que hablan a cada hombre como si éste fuera el único sobre la Tierra. Y el hombre se ilusiona hasta que se entera de lo del marido.

Los envidiosos se equivocan

Ha escrito varios libros con éxito de crítica y ventas. Ha llenado con su belleza la pequeña pantalla miles de horas, y las ondas con su voz. Sonríe y el aire tiembla. Cuando entra en un lugar o se marcha de un sitio hay un movimiento de miradas que siguen sus pasos. Porque además, para molestar, anda muy bien. Anda bien, habla bien, se ríe bien, piensa bien, se calla bien y del resto de las cosas que hará estupendamente bien, no he tenido opción para opinar. Sus días tienen veinticinco horas. Es feliz con su familia. No presume de trascendental. Es natural como el agua y guapa y simpática sin perder jamás la medida. Se lo ha ganado todo en la vida trabajando como una obrera soviética, que ya es ser obrera. Y los envidiosos sólo le reconocen que está buena. Hasta en eso se equivocan. Está buenísima.

Massiel

Minifalda, trajecillo de lentejuelas y el estribillo pegadizo del Dúo Dinámico que triunfa en Eurovisión.

Así que las autoridades franquistas prohibieron a Serrat cantar el «La, la, la» en catalán en el Festival de Eurovisión y lo sustituyeron por Massiel. Minifalda, trajecillo de lentejuelas y el estribillo pegadizo del Dúo Dinámico que triunfa en Eurovisión. Mayor repercusión que el gol de Zarra, el quíntuple crimen de Jarabo, la boda de Celia Gámez, la muerte de Manolete y la aparición del Seiscientos, primera libertad, a cambio de 50.000 pesetas, del franquismo. Aquel año, 1968, nació el Príncipe, perdió España la Guinea Ecuatorial, nacieron las trillizas «tres millones», surgió la ETA, el doctor Martínez-Bordiú intentó, sin éxito, el primer trasplante de corazón en España, reapareció y se pegó una nueva torta la trapecista Pinito del Oro, y Marisol y Palomo Linares protagonizaron la inmortal obra cinematográfica *Solos los dos*, que no vio ni la familia de una ni del otro. El año del «La, la, la», síntesis de música, letra e interpretación sencillamente inolvidable.

Al año siguiente, el festival se celebró en Madrid y Massiel marcó otra pauta. Su abrigo de chinchillas. El espectáculo más terrible de la década de los sesenta, más tecnócrata que falangista. Aquella aparición chinchillera llevó a Massiel a la cúspide de la horterada universal, sólo comparable a la grifería de oro que se hizo instalar en su cuarto de baño un portentoso nuevo rico en su casa-esplendor de las afueras de Madrid. «Me gusta ver oro hasta cuando estoy en el bidé», reconoció a sus más íntimos gorrones. Como Massiel con las chinchillas.

Pasados los tiempos, del «La, la, la» y las chinchillas saltó a Zayas, el PSOE y el retroprogresismo. Lo poco que le quedó por cantar lo hizo mal, y pasó a ser protagonista de debates angustiosos en los platós rosas y hepáticos de los programas del corazón. Arreglando algo de su casa cayó de lo alto de una escalera, accidente que produjo en España una conmoción perfectamente descriptible.

No es mujer de silencios ni de prudencias. Lo contrario que María de Metternich, que sabía callarse en ocho idiomas. En su voz lleva su penitencia, en el caso de que sea merecedora de pena por algo. Buzón inconmensurable, agilidad perdida. Hoy firma manifiestos e intenta meterse en el selecto club de los Progresistas de Visa Oro, como los llama Alberto Cortez. Pero lo de hoy apenas importa. Su gloria está en el ayer, en el año de 1968, en aquella noche del Festival de Eurovisión, que tanto emocionó a Franco cuando oía: «Spain, L'Espagne. Ten points, dix points.»

Nati Mistral

Ha hecho, y siempre con éxito, de todo, y eso le ha perjudicado.

Habla, declama, recita y canta como los ángeles. Guapa rotunda. Mujer valiente y sin complejos, que reconoce públicamente y sin cautelas su militancia en la Derecha. No obstante, lo ha hecho y lo hace tan bien, que tiene admiradores en todas partes y es respetada hasta cierto punto. Escribo que hasta cierto punto porque la retroprogresía no perdona, y de ser Nati Mistral de la cuerda de Pilar Bardem, le habrían llovido las prebendas y las subvenciones.

Tiene la voz cálida y tronante. Se sabe de memoria centenares de poemas, pero oír de su voz el de la infanta Isabel de Rafael Duyos es pura maravilla. Chula hasta la exageración, pero de una chulería naturalísima, que nace en la planta de los pies y se mueve airosa y divertida hasta su moño. Ha hecho, y siempre con éxito, de todo. Eso le ha perjudicado, porque tener éxito en España es un grave delito social. Sobre el escenario es igual que en la cercanía, es decir, lo que vale por verdadero, no lo que se aparenta por la falsedad.

Pasado, presente y futuro

En América es un ídolo, y en España, un punto de referencia de lo mejor del pasado reciente, aunque tiene reaños y fuerza para ser presente y futuro. De joven tenía un bellísimo pelo negro, pero no en la lengua.

Su lengua está sometida a su pensamiento, y éste a su libertad, y cuando se unen pensamiento, libertad y lengua dice lo que le da la gana, que es la manera más limpia de ser libre, sin atarse a intereses ni a modas, sin pedir dinero a cambio de pancartas o pegatinas, sin meterse con los demás pero exigiendo respeto a su libertad y sus ideas.

Tiene amigos hasta debajo de las piedras. Y un sentido del humor desbordado y desbordante, que abarca desde el casticismo puro al alto y nublado de las islas británicas. Rápida como el rayo en la respuesta y auténtica y honda en su profesión. Nati, la Nati, Natividad, la bomba.

Vive feliz en su tiempo, pero el suyo hubiera sido el de la Restauración, discutiendo con Silvela, amando la poesía de Manuel del Palacio y recorriendo el Madrid de los Austrias con un embozado con corona e inquilino en la calle de Bailén número 1. Ella es Madrid en toda su explosión y vida. Una artista genial y una mujer cimera.

Paloma Gómez Borrero

Además de una periodista formidable es un ser adorable al que todo el mundo quiere y respeta.

A pesar de la excepcional personalidad y profundo carisma del papa Juan Pablo II, hubo gente que, al ver al Papa junto a Paloma Gómez Borrero comentó: «Ahí está Paloma acompañada por el Papa.» Tantos años en Roma le han dado un conocimiento de los laberintos y secretos del Vaticano, que llegar a la Santa Sede sin ella al lado equivale a visitar una comisaría de policía siendo albanokosovar y sin papeles.

Paloma es, además de una corresponsal y periodista formidable, un ser adorable al que todo el mundo quiere y respeta.

Después de una angustiosa y extensa charla con el cardenal encargado de autorizar los exorcismos, su piso de Roma fue visitado por el Diablo disfrazado de estornino. Desaparecieron todas sus notas y dejó en las paredes de su casa, después de golpearse contra ellas, tres manchas de sangre. Consultado el cardenal, éste le recomendó que analizara la sangre del pájaro, y ante el pasmo de la ciencia, la sangre resultó ser humana. Pero ella lo cuenta con una naturalidad que no deja lugar al espanto, y sí a la sonrisa.

Sus años en Italia

Han dejado en su acento un tono cantarín y melodioso. Tiene un sentido del humor a prueba de todo, y una admirable, casi inalcanzable, falta de pereza. Por eso se ha hecho tan amiga de mi mujer, Pili Hornedo, que es la falta de pereza personificada, además de otras muchas y altísimas virtudes, entre las que destaca su paciencia para soportar a un individuo como yo. Donde está Paloma Gómez Borrero, la alegría se desborda y se asegura. Le fallan los pies. De haber sido bailarina, ya se habría retirado. Pero tenemos la fortuna de que no lo es, y ahí la tenemos más lúcida y esperanzada que nunca.

Las cadenas de televisión, la Española, Antena 3 y Telemadrid fundamentalmente, han disfrutado de sus crónicas romanas y vaticanas. Y sigue siendo el referente del buen estilo y la calidad informativa. Si tuviera que reunir a todos sus amigos, el Bernabéu se quedaría pequeño. Como mujer es un portento. Como profesional, un ejemplo. Como amiga, un sustento bullicioso.

Lástima lo de los pies. Me he quedado sin ver cómo baila una muñeira.

Penélope Cruz

**Ahora dicen que anda con Bardem
y cuando viene a España le hacen fotos.**

Lord Carrington se lo comentaba en el bar del Brooks a su amigo sir Francis Pawlson. Se refería a su común amigo Bobby Croyton. «No ha hecho nada en su vida. Confunde los arenques con las acelgas. Cuando estuvo en Roma dijo que todo era bastante viejo. Le he contado mil veces el chiste del orangután que se enamora de la rana, y las mil veces se ha retorcido de la risa. Además es bajito, tiene diminutos granos en el cuello y mezcla la ginebra con zumo de naranja. Ayer fue nombrado ministro del Tesoro.»

Penélope Cruz ha trabajado mucho. No confunde los arenques con las acelgas porque ella apunta más hacia arriba. Ignoro si ha estado en Roma. Se ríe demasiado, aunque probablemente no le hayan contado el chiste del orangután y la rana. Es bajita pero no parece tener granos en el cuello. No intuyo que mezcle la ginebra con zumo de naranja y no ha sido nombrada ministra de Economía y Hacienda. Pero en conjunto, y para mí, es parecida a Bobby Croyton.

El orgullo y la estrella de Alcobendas

Existen seres asombrosos que lo consiguen todo sin saber muy bien los motivos de su consecución. Quizás influyó Almodóvar. Porque —insisto en que se trata de una opinión personal— Penélope Cruz no entra en mis preferencias como actriz, se me antoja algo tapón, tiene una voz horrible y poco más puedo decir. Pero ha conquistado aparentemente el mercado americano, mantuvo relaciones —al menos en apariencia— con Tom Cruise, ahora dicen que anda con Bardem, y cuando viene a España le hacen muchas fotografías como si de una estrella se tratase. ¿Cómo lo ha conseguido? Sin duda alguna, por su inteligencia. Penélope tiene una hermana que todavía lo hace peor que ella y gracias al parentesco comienza a estar cotizada. Y un hermano que ha roto el cascarón y ya se asoma —sólo por el hecho de ser su hermano— a los espacios de la popularidad. Es el orgullo de Alcobendas, y mucho me alegro porque Alcobendas es una ciudad que adoro. No obstante, hago relación de sus méritos artísticos y siempre me quedo corto. Pero repaso sus amores y reconozco que su capacidad de seducción tiene que ser poderosísima.

Me encantaría saber, de verdad, a qué se dedica Penélope Cruz en sus ratos libres. Me aseguran que al cine. Y me emociona constatar que una chica de Alcobendas haya triunfado en Hollywood con tanta facilidad. Habrá que preguntarle a Hollywood. Mientras tanto, insisto en su poder asombroso y su ilimitada capacidad para ser noticia cuando ninguna novedad procura. No le regateo ni un celemín de valor o mérito. Simplemente, manifiesto mi asombro.

Pilar Elías

**Es una heroína de la libertad.
Y ahí sigue. Mantiene vivo el recuerdo
de su marido.**

En 1962, Ramón Baglietto era el novio de Pilar Elías. Una mujer, Mari Nieves, paseaba con sus dos hijos, José Manuel, de dos años, y Cándido, de once meses, por la calle Calvo Sotelo de Azcoitia. Ramón tenía una tienda de muebles. Vio al niño mayor que perdía la pelota y se le escapaba por la calzada, y a un coche que venía a gran velocidad. El coche atropelló y mató a Mari Nieves y al niño mayor. Ramón, jugándose todo, se lanzó, agarró al bebé y le salvó la vida. Lo que ignoraba Ramón Baglietto después de protagonizar tan bellísima acción es que había salvado la vida de quien sería su asesino. Cándido Aspiazu.

Pilar Elías se casó con Ramón Baglietto en 1963. Y vivió feliz junto a su marido hasta el 21 de mayo de 1980. Ese día Ramón fue asesinado por un terrorista de ETA. Se llamaba —y se llama— Cándido Aspiazu, aquel niño de once meses que un día salvó de morir atropellado. No contento con ello, el canalla del asesino instaló un negocio de cristalería en los bajos de la casa de su asesinado, en la que vivía —y aún vive, pese a todo— su viuda Pilar Elías.

La heroína y el cobarde

Pilar Elías se cruza con el asesino de Ramón Baglietto y le mantiene la mirada. El asesino baja la suya, porque es un cobarde. El asesino se casó y metió a su mujer, o lo que sea, en su negocio. Pilar Elías consiguió que el 50% de la cristalería fuera embargado. Ahora, su mujer, por 48.000 euros depositados en subasta pública, se ha quedado con la parte de su marido, el criminal. Pilar Elías sigue viviendo en la casa, y pasea por las calles de Azcoitia con la cabeza alta, y eso molesta sobremanera a la mujer del asesino, que dice que es una «chula». Encima. Le matan a Ramón y ella es una chula. Para esta tía abominable, Pilar tendría que saludarla afectuosamente. El marido, Cándido Aspiazu, tiene la mirada sesgada del asesino. Sus clientes son nacionalistas y *batasunos*. El negocio marcha. Pero baja la mirada cuando se topa con la dignidad de la viuda del hombre que lo salvó y años después, para agradecérselo, asesinó. Ni inventada sale de la imaginación historia tan miserable y perversa.

Pero Pilar Elías resiste. Y ahí sigue. Y ésa es la parte maravillosa de esta historia terrible. Ha vencido al miedo y a la presión. Mantiene vivo el recuerdo de su marido, Ramón Baglietto, un vasco honrado y bueno que salvó un día de la muerte a un bebé que sería su asesino.

Hoy el asesino es un homínido, un mono cabreado, un mandril que vende cristales. Pilar es una heroína de la libertad.

Que siga bajando la mirada ante la tuya, Pilar.

Pilar Hornedo

Para ella, la vida es un regalo efímero que hay que aprovechar.

Cuando la conocí estudiaba Enfermería en la Cruz Roja, y ya como alumna destacaba por su vocación para hacer el bien a todos. Ahora es ATS y diplomada en Pediatría, se ha especializado en aplicar las quimioterapias a los enfermos de cáncer y sigue repartiendo alegrías y esperanzas a quienes se sienten tristes y desesperanzados. Cuando termina su obligación diaria llena las horas sirviendo a Dios, a quien quiere de verdad, apasionadamente.

El gran Manuel Halcón la resumió en el epigrama de una dedicatoria. «A Pilar / abeja de cristal. / Labora el bien, aleja el mal.» Su fuerza de voluntad hace intuir que no conoce la pereza, pero sí la conoce. Sucede que la vence en una décima de segundo. Y es impaciente y paciente simultáneamente. No soporta la indolencia, ni la mentira, ni la violencia, ni el ritmo cansino que algunos imprimen a sus vidas. Para ella, la vida es un regalo efímero que hay que aprovechar. Y es paciente, pacientísima, porque ella eligió a quien sería su marido y, 35 años más tarde, soporta su peculiar carácter y temperamento con una sonrisa permanente en sus labios.

Tuvo tres hijos, y ahora tiene dos nietos. Son sus amores, junto a sus siete hermanos. Nadie como ella conoce el secreto de unir y reunir a su familia. Tiene el carácter fuerte, y su naturaleza es más fuerte todavía. Inteligente y empecinada, pero siempre, hasta su empecinamiento, únicamente decidido a hacer el bien a los demás e intentar que los demás sientan la felicidad y la placidez humana y espiritual que ella siente. De vivir en el XVI hubiera sido fundadora. En el XIX, heroína. En la II República la habrían torturado y asesinado. Ahora es un ser diferente que sólo busca la luz y la felicidad ajena.

Tiene una casa en Ruiloba —de allí vienen algunas de sus raíces—, que es su ilusión material en esta vida. En ella se instala cuando tiene dos días reservados para su propia vida, que no es habitualmente. Su sentido del humor es alto, y su mente viaja en sueños entre Juan de Yepes y Teresa de Cepeda. No conozco a nadie que en los actuales tiempos manifieste con más orgullo y consistencia su fe y su religiosidad. «Lo de aquí no vale nada», me dice cuando le comento que me molestaría mucho no poder llevarme mi biblioteca más allá de la muerte. Y se lo comento porque es mi mujer. Y porque más de la mitad de lo que yo he conseguido se lo debo a ella.

Rita Barberá

Más que una falla es un *ninot* permanentemente indultado y aplaudido.

Luis Sánchez Polack, *Tip,* que era valenciano como su Amparo del alma, y pasaba en Valencia seis meses al año, de los cuales una buena parte de su tiempo en el callejón de Mosén Femades, cambió la letra de la canción «Valencia» y así la cantamos todos los que fuimos sus privilegiados amigos: «Valencia, es la tierra de las flores y de Rita Barberá.» Lo cierto es que esa mujer, no Tip, sino Rita, ha roto todas las marcas de aceptación popular democrática en una gran ciudad como Valencia, con seis legislaturas gobernando con mayoría absoluta, durante las cuales ha convertido a la vieja capital del Reino de Valencia en un asombro futurista y grandioso, haciendo lo que nadie hasta la fecha se había atrevido a llevar a cabo. Abrir hacia el mar una ciudad costera que vivía a espaldas del mar.

Rita, más que una falla, es un *ninot* permanentemente indultado y aplaudido. En pie, parece una figura *plantá* sin posibilidad de perder el equilibrio. Su día tiene veintisiete horas, de las cuales dedica al descanso unas dos y media, aproximadamente. Lucha, a diario, por la proyección de Valencia y la realización de sus mejoras, que han sido prodigiosas y sorprendentes, y también —todo hay que decirlo—, por mantener la personalidad específica y española de la gran capital que gobierna, deseada pornográficamente por el nacionalismo catalán y sus voraces ambiciones territoriales. Valencia es la capital del Reino de Valencia, y allí los catalanes no tienen nada que hacer mientras personajes como Camps o Barberá reúnan la mayoritaria confianza de los valencianos.

Cultura

Valencia le ha comido el terreno a Barcelona y a punto está de alzarse con la capitalidad figurada del Mediterráneo español. Su Ciudad de las Artes y de las Ciencias, su Oceanográfico, la Copa América, el circo millonario de la Fórmula Uno en su circuito urbano, aprovechando esa nueva ciudad que se abraza al mar que Valencia siempre ha dado la espalda. Una oferta cultural apasionada, apasionante y permanente y un nivel de reclamo de inversiones envidiable. Para colmo, y en ello aventaja a Madrid, un presidente de la Comunidad y una alcaldesa de la capital que se llevan divinamente y no compiten en los celos del futuro. Comunidad y ciudad entrelazadas y unidas por la aventura de lo mejor.

En Valencia, los socialistas están desmoralizados y un tanto desnortados. Han tenido que acogerse a los mimos del nacionalismo catalán y la utopía de los *Països Catalans* para tener personalidad en algo. Con esta Rita y con aquel Camps lo tienen difícil.

Rosa Aguilar

Es una comunista del siglo XXI, una honesta abanderada de la contradicción.

Es tan normal, natural y positiva que no parece comunista. Alcaldesa de Córdoba. Tuvo altas responsabilidades en su partido y en Izquierda Unida, lo que se inventó su partido para disimular al partido. Pero ella es más cercana, más inmediata y mucho más inteligente que el 99% de los hombres de su partido. Y en Córdoba impera, democráticamente, con el acuerdo o el desacuerdo de los cordobeses, pero siempre respetada. Nada tiene de dogmática, ni de retroprogre casposa, ni de intolerante. Lleva sus ideas de izquierdas con la sonrisa en los labios y el respeto hacia los demás en todas sus actitudes públicas y privadas. Antítesis de la Pasionaria. La Sosegada.

Rosa Aguilar es una comunista del siglo XXI, y por lo tanto, una honesta abanderada de la contradicción, porque el comunismo del siglo XXI en una nación occidental tiene que ser democrático y libre, y ello es contradictorio, y liberal, y ello es contradictorio, y antidogmático, y ello es contradictorio, y respetuoso con las disidencias, y ello es contradictorio. Es, pues, la gran comunista de la contradicción, pero bienvenida sea en este caso.

La llave de la regeneración del PCE

Con ella al frente de Izquierda Unida no se habrían hecho tantas bobadas y estupideces. Rosa Aguilar siempre estuvo del lado de las víctimas y en contra de los terroristas. Ignoro si Fidalgo, el dirigente de Comisiones Obreras, es también comunista, pero de serlo, formaría parte del comunismo deseable de Rosa Aguilar, y no del antiguo, estalinista, resentido, trasnochado, viejo, apolillado, cabreado y fracasado de Gaspar Llamazares. Creo que los comunistas del siglo XXI, los de Rosa y Fidalgo, los democráticos y contradictorios en el mejor sentido de la palabra, pueden ser, y todavía están a tiempo, la llave de la regeneración del PCE y de la honradez ideológica de la izquierda española. Pero me temo que no les han dado tiempo para iniciar el camino. Llamazares y los suyos han desarbolado lo que ni árboles tenía, e intuyo que el comunismo inteligente y moderno de Rosa Aguilar, español ante todo, no va a tener más remedio que adaptarse a la hospitalidad cercana del PSOE, si es que en el PSOE tienen la suficiente inteligencia para no despreciar valores decentes de otros partidos. No obstante, creo que Rosa Aguilar va a dar batalla en el próximo congreso del PCE, pero no le auguro el éxito. Los diplodocus lucharán para mantenerse. Los dinosaurios, para no perder sus canonjías. Los tiranosaurios, para comerse todo lo que suene a libertad. Pero ahí está ella. Natural, normal, atractiva, sonriente, efectiva, inteligente, honrada, guapa, humana, democrática y comunista. ¡Joé!

Sara Baras

Qué mujer, qué arte. La Piconera de Pemán, una sombra a su lado.

Lo más guapo de España. Baila como las nubes, las tormentas, el amanecer, la atardecida. Qué mujer, qué arte. Gaditana. Lola *la Piconera* de Pemán, una sombra a su lado. Cuentan que las tropas invasoras de Napoleón, ya superado Despeñaperros, se toparon desde el púlpito de La Carolina con el primer valle de Andalucía. Y que tan grande era su belleza, que los soldados franceses presentaron armas a la maravilla del paisaje. Si no es cierto, está bien inventado. Pues esa maravilla es Sara Baras, que por ahí volaba su ánimo dos siglos antes de nacer. Arte, trabajo, armonía, sudor, libertad, fuerza, ímpetu y calma. Todo eso, y mucho más, se reúne en el cuerpo y el alma de Sara Baras, que no es dibujo porque Picasso no la conoció, que no es poema porque García Lorca, Alberti o Villalón decidieron nacer antes, que no es copla porque Rafael de León se puso a morir cuando ella era niña, que no es novela porque Hemingway, de haberla visto, estaría borracho, que no es escultura porque a quién se le ocurre nacer Miguel Ángel tan a destiempo. La música la lleva ella, consigo misma. Y la danza, el baile, el prodigio del movimiento. Lo que habría dado Antonio, Antonio a secas, el bailarín, por tenerla de compañera. ¡Santo Dios, qué pedazo de mujer y de artista!

Sin deberle nada a nadie

Lo que tiene y es ella se lo ha ganado. No necesita de subvenciones, ni de diezmos y primicias, ni de propinas pegatineras y pancarteras, ni de firmas en manifiestos imbéciles, ni de lenguas secas por humedecer al poder ni hartas de alimentarse de los pesebres políticos. Ella sola, a cuenta de ella sola, sin deberle nada a nadie excepto a ella sola. De rompe y rasga. Acuarela de viento. Brazos de palmeras, piernas de roble, cintura de agua, y todo ello regalado al movimiento, al arte que se transforma cada segundo, al momento mágico de la liberación del ser humano para rozar el éxtasis de lo imposible. Allá donde va, el mundo se hunde a sus pies, entre ovaciones. Esto se le ha quedado pequeño. Pero ella no se contenta, y sigue, y sigue, y por seguir termina descubriendo nuevos horizontes, y metas más lejanas, y lo que es pequeño en un principio lo hace grande porque ella así lo interpreta, y tiene reaños para no mirar atrás y fijarse tan sólo en el más allá del horizonte, que Sara Baras llega hasta el horizonte, y lo baila, y le parece poca cosa, que esta mujer es así. Con lo complicado que tiene que ser bailarse el horizonte. Pues eso, lo que escribo y mucho más. Que el Diccionario no se entera. «Arte», «Armonía» y «Belleza» tienen una misma definición: Sara Baras.

Sonsoles

Ama la música, y ello le concede un más allá en la garantía personal.

Mientras Zapatero sea el presidente del Gobierno, Sonsoles a secas es sólo una. Cometió un fallo, probablemente por culpa ajena, en los principios del mandato de su marido. Aquello de las clases de natación en una piscina de la Guardia Civil que se prohibía al resto de los usuarios mientras ella aprendía los secretos del buceo. Sonsoles es una mujer atractiva y segura, de fuerte carácter en la apariencia y firme personalidad. Forma parte de la masa coral de la Ópera de Madrid, y canta allá donde la soliciten, lejos de agendas oficiales y protocolos obligados. Cumple con su vocación y su arte con infinita más dedicación que con sus engorrosas citas de mujer del presidente del Gobierno. Le sobran personalidad y agallas y, cuatro años más tarde de su primera aparición oficial, se adivina en ella una madurez callada y admirable. Para mí, que no la conozco personalmente, que se ha liberado de las influencias de la muy inteligente y atosigante Elena Benarroch, la peletera progre que toleran los ecologistas *sandía* porque parece confeccionar sus abrigos con pieles de animales fallecidos por la tragedia de Chernobil.

Sonsoles es de rasgos generosos

Altura decidida, ojos grandes y boca inmensa. Lleva en su porte y movimientos una belleza enigmática, un atractivo refinado con el tiempo. Puedo parecer osado, después de haber reconocido que no la conozco, si afirmo que muy probablemente ejerza una poderosa influencia en su matrimonio. No conozco a Sonsoles, pero sí al matrimonio. En ese caso sería conveniente ayudarla a razonar para que abandone su arte de influir. Con independencia de tan beneficiosa conveniencia, nadie puede negar que Sonsoles Espinosa, Sonsoles a secas, es una mujer de hierro en sus aspiraciones artísticas. Como esposa de un presidente del Gobierno de España —influencias de almohada aparte— es y ha sido de las más discretas, si bien la corona de laurel de la discreción, la clase y la medida pertenece todavía —y mucho dudo que se lo arrebaten—, a Amparo Illana de Suárez, aquella mujer maravillosa que esperaba en el ministerio a su marido, aún vivo entre nubes densas e imbatibles.

Sonsoles ama la música, y ello le concede un más allá en la garantía personal. No ha permitido que sus hijas ingresen en el mercado de la popularidad, y eso —en unión de su marido— demuestra un buen estilo insobornable. No irrita ni mueve desprecios ni diatribas. Merece, por su personalidad, un respeto que quizás, aún, no ha percibido. Se lo adelanto.

Vicky Piñeiro

Se entrena como los hombres,
rema como los hombres.

Su apariencia no deja adivinar lo que en sus fibras guarda. Guapa, rubiaca, pelo a lo chico, sonriente y decidida. Hija de Cangas. Campeona de Galicia de piragua durante cinco años consecutivos. Campeona de España de K-2. Se instala en Cantabria en una de sus grandes instituciones de remo. En Astillero, con sus colores de azul de mar. Y después de una titánica lucha por reivindicar el derecho de la mujer a remar como los hombres, consigue su propósito. El remo mixto, instalado ya en todos los países de Europa, es una realidad en España gracias al coraje de esta mujer que ha salido airosa de todas las galernas.

Gobernar la nave

Ya es la timonel de la trainera de Astillero, que con Pedreña y Castro Urdiales forma el trío montañés o cántabro que tanto temen las tripulaciones vascas. Se entrena como los hombres, rema como los hombres y, como buena timonel, manda sobre los hombres. Ella es la que marca el ritmo, la que grita cuando advierte que los suyos se van quedando atrás, la que corrige el rumbo de la embarcación, y la que se lleva en caso de triunfo o derrota, las flores o los desprecios. Hace falta tener valentía para abrir una puerta tan cerrada.

En mis tiempos de aficionado a las regatas de traineras, la mía era la de Orio, los amarillos. Su gran rival era la embarcación de Pasajes de San Juan, los rosas.

Ya había pasado el tiempo glorioso de la montañesa de Pedreña, y en Guipúzcoa se miraba con desdén a Astillero y Castro. Pero el remo en Cantabria, hoy por hoy, le moja las orejas al remo vasco, y Astillero, que ha sufrido más de una grave injusticia, está dispuesta a seguir mojándosela. A partir de ahora, tendrán como timonel a una mujer formidable, Vicky Piñeiro, que ha experimentado y triunfado en muchas de las modalidades del remo. Es decir, que ha sangrado y se le han encallecido las manos, que ha sentido la dureza de la palada cuando rompe la superficie del mar, y que se ha desollado el culo en el banco fijo como los hombres. Por lo que ha hecho, merece la próxima bandera.

Índice